바다 건너 낯선 세상을 만났다

바다 건너 낯선 세상을 만났다

발행일 2026년 4월 29일

지은이 김경율
펴낸이 손형국
펴낸곳 (주)북랩

출판등록 2004. 12. 1(제2012-000051호)
주소 서울특별시 금천구 가산디지털 1로 168, 우림라이온스밸리 B동 B111호, B113~115호
홈페이지 www.book.co.kr
전화번호 (02)2026-5777   팩스 (02)3159-9637

ISBN 979-11-7598-263-5 03810 (종이책)   979-11-7598-264-2 05810 (전자책)

작가 연락처 문의 ▶ ask.book.co.kr

전용 게시판에 문의를 남기시면 저자에게 직접 전달됩니다.

(주)북랩 성공출판의 파트너

북랩 홈페이지와 SNS에서 다양한 출판 솔루션을 만나 보세요!

홈페이지 book.co.kr   •   **블로그** blog.naver.com/essaybook   •   **출판문의** text@book.co.kr
카톡채널 북랩

6개국 17년, 한 해외주재원의 생생한 경험 이야기

바다 건너
낯선 세상을 만났다

김경율 지음

북랩

시간이 지나야 보이는 것들

빛바랜 사진 한 장을 꺼내 들면 우리는 그 시절로 돌아간다.

당시에는 힘들다고 느꼈던 순간들, 견디기 어렵다고 생각했던 날들조차 시간이 지나면 따뜻한 빛으로 변해 있다.

나는 1983년 KOTRA 입사 이래 17년 동안 미국, 캐나다, 러시아, 인도, 파키스탄, 나이지리아 등 6개국에서 가족과 함께 해외 주재원으로 생활했다.

해외 주재원 생활은 겉으로는 화려해 보이지만 실상은 외로움, 문화 충격, 가족의 적응 문제, 책임과 압박 속에서의 연속된 선택의 시간이다. 그러나 시간이 흐른 지금, 그 모든 순간은 인생의 자산이 되었고, '경험'이라는 이름으로 남았다.

이 책은 특별한 성공담이 아니다. 위대한 업적의 기록도 아니다.

그저 한 사람이 타국에서 살아가며 보고, 느끼고, 배우고, 넘어지고, 다시 일어섰던 솔직한 이야기일 뿐이다.

교과서에서 배울 수 없는 것, 출장 보고서에 담기지 않는 것, 숫자로 남지 않는 것들. 사람, 관계, 오해, 이해 그리고 시간이 지나야 비로소 알게 되는 감사함.

　나는 이 기록을 가족과 동료들에게 남기고 싶었다. 그리고 혹시 이 길을 걷게 될 누군가에게 작은 위로와 용기가 되기를 바란다.

　지나고 보니, 모든 순간은 결국 나를 키우는 시간이었음을 깨닫는다.

　이제 그때 그 시절을 한 장, 한 장 펼쳐 보려 한다.

2026. 4.

김경율 씀

차례

제1부

고향을 떠나는 날,
인생이 시작됐다

바다 건너 첫 길

'뿌웅, 뿌웅.' 바다 위에서 울린 뱃고동 소리가 마을을 흔들었다.

열세 살이던 나는 그 소리를 들으며 선착장에 서 있었다. 작은 가방 하나를 들고. 내가 떠나는 날이었다. 배는 아직 보이지 않았지만, 사람들은 이미 알고 있었다. 누군가 떠난다는 것을.

어머니는 말없이 내 옆에 서 있었다. 바닷바람에 머리카락이 조금씩 흩날리고 있었다. 그날 나는 고향을 떠났다.

그때는 몰랐다, 그 작은 섬을 떠나는 일이 내 인생의 방향을 바꾸는 첫 항해가 될 줄은.

섬에서 시작된 세상

나는 신안군의 작은 섬에서 태어났다. 육지에서 배로 네 시간이 걸리는 곳이다. 지금은 바다 위로 다리가 놓여 자동차로 오갈 수 있지만, 내가 어릴 때는 배가 아니면 나갈 방법이 없었다.

그 시절 섬에서 서울까지 가려면 하루가 걸렸다. 꼬박 스물네 시간. 그래서 섬을 떠난다는 것은 단순한 여행이 아니었다. 세상을 건너는 일이었다. 우리 동네 사람들은 서로의 이름보다 이렇게 불렀다.

"저 집 큰애."

"동네 아짐씨."

그렇게 서로를 알고 살았다.

바다는 늘 그 자리에 있었고, 사람들은 서로의 삶을 자연스럽게 나누며 살았다.

그리고 우리 아이들은 이런 말을 아무렇지 않게 썼다.

"산두께."

"불치."

"둥그럼."

처음 듣는 사람은 무슨 주문인가 싶겠지만, 그건 모두 우리 동네 지역 이름이었다. 그 섬이 내 세상의 전부였다.

유학이라는 이름의 첫 이별

초등학교를 졸업하자 나는 섬을 떠나야 했다. 섬에는 중학교가 없었기 때문이다. 그래서 처음 듣게 된 말이 있었다.

"유학 가야 한다."

지금 생각하면 웃음이 난다. 외국도 아니고 서울도 아니었다. 그 저 육지로 가는 것이었다. 하지만 열세 살의 나에게 육지는 이미 다른 세계였다.

그날 내가 탄 배는 '광진호'였다. 50여 명 남짓 탈 수 있는 작은 동력선. 임자도에서 출발해 우리 마을 당머리 선착장을 거쳐 목포로 가는 배였다. 배가 마을로 들어오기 오 분 전이면 어디선가 뱃고동이 울렸다.

'뿌웅, 뿌웅.' 그 소리는 단순한 신호가 아니었다. 누군가는 떠나고 누군가는 돌아오는 소리였다. 어머니는 그 소리를 들으면 늘 바다를 바라보곤 했다. 그날은 내 차례였다. 검은 연기를 내뿜던 작은 배, '광진호'는 검은 연기를 내뿜으며 '통, 통, 통, 통' 소리를 냈다.

나는 어머니와 나란히 앉아 있었다. 목포에 있는 친척 집에 나를 맡기기 위해서였다. 어머니는 말이 없었다. 그저 바다만 바라보고 있었다.

나는 점점 멀어지는 마을을 바라보고 있었다. 집들이 점처럼 작아지고, 그 점이 바닷속으로 사라졌다. 그때 나는 몰랐다. 그날 이후 내가 그 마을에서 온전히 살아갈 날이 거의 없을 것이라는 사실을.

갈매기들이 배를 따라 날았다. 울음소리가 길게 바다 위에 퍼졌다. 어머니 곁에 앉아 있었지만 마음 한쪽이 이상하게 허전했다. 친구들과 고향을 두고 떠나는 서운함 때문이었을 것이다. 그런데 또 한편으로 가슴이 조금 뛰었다. 도시에 간다는 막연한 설렘 때문이었다.

열세 살, 처음으로 세상이 넓다는 것을 느낀 날이었다.

당시 광진호 이미지 사진

빨간 깡통 하나

배가 목포항으로 들어갈 즈음이었다. 용머리를 돌아 들어가자 도시가 보이기 시작했다. 그때였다. 나는 눈을 크게 떴다. 도로 위에서 빨간 깡통 하나가 움직이고 있었다. 굴러가는 것도 아니었다. 누가 미는 것도 아니었다.

그것은 스스로 앞으로 움직이고 있었다. 그것이 내가 처음 본 버스였다. 섬에서 자란 열세 살 아이에게 그 장면은 거의 기적처럼 보였다. 바람도 없고, 노도 없는데, 쇳덩이가 혼자 움직이다니. 그 순간 나는 알았다. 나는 정말로 다른 세상에 도착했다는 것을.

작은 배 한 척이 만든 길

지금 돌아보면 내 인생의 모든 시작은 그날이었다. 검은 연기를 내뿜으며 조용히 고향을 떠나던 작은 배 한 척. 그 배는 나를 섬에서 육지로 데려다주었다.

그리고 훗날 나는, 그 섬 소년의 꿈을 넘어 바다를 건너고, 하늘을 건너 세계를 떠돌게 된다. 미국, 캐나다, 러시아, 인도, 파키스탄, 나이지리아. 다섯 나라에서 17년 동안 해외에서 일하게 될 줄은 그날의 내가 상상도 하지 못했다.

그러나 가끔 외국의 바다를 바라보면 문득 그날의 광진호가 떠오른다. 흔들리는 배 위에서 처음 느꼈던 두려움과 설렘. 어쩌면 그 감정이 내 인생을 여기까지 데려온 것인지도 모른다.

1960년대 목포 시내버스

모든 시작은 그날의 작은 배 한 척이었다.

나는 그 배를 탔다.

그리고 그 순간, 내 인생의 첫 항해가 시작되고 있었다.

젊은 날의 추적, 아직도 기억한다

1976년 여름, 논산훈련소의 기초 군사 교육을 마치고 나는 서울로 배치되었다. 내자동 서울경찰청 기동대 숙소. 운동장을 가로지르던 뜨거운 바람이 내 뺨을 스쳤다. 그 바람 속에서 나는 전투경찰로서의 3년의 군생활을 시작했다. 세상에 대해 아는 것보다 모르는 것이 더 많던 나이였다.

1년 뒤, 나는 방배경찰서, 당시 관악경찰서 타격대로 발령을 받았다. 본관과 떨어진 작은 건물 1층 8평 남짓한 방에 아홉 명이 함께 근무했다.

'타격대.' 이름은 날카로웠지만 우리의 일상은 단순했다. 관내 비상사태에 대비해 대기하고, 나머지 시간엔 경찰서 경계와 경비를 서는 것. 그게 전부였다. 밤이면 우리는 무전을 기다리며 졸음과 싸웠고, 창밖으로는 사당동의 희미한 불빛이 깜박였다.

우리만의 질서

타격대는 신설 조직이었다. 기존 경찰관들과 우리 사이에는 보이지 않는 선이 그어져 있었다. 기름과 물처럼 쉽게 섞이지 않았다.

그러나 우리 안에는 또 다른 질서가 있었다. 전투경찰은 시험을 거쳐 선발되었다. 그 사실만으로도 자부심이 컸다. 기수별 위계는 해병대를 떠올리게 할 만큼 엄격했다. 선임과 후임 사이에는 넘을 수 없는 선이 있었고, 누구도 그 선을 가볍게 넘지 않았다.

경찰관의 통제 밖에서, 우리는 우리만의 규율로 움직였다. 젊었고, 거칠었고, 자존심 하나는 누구보다 단단했다.

뜻밖의 선물

안양에서 여자 친구가 면회를 왔다. 수줍게 웃던 그녀는 작은 목소리로 말했다.

"라디오랑 카세트 되는 전축… 선물해 주고 싶어."

성우전자 독수리표, 쉐위코 라디오·카세트레코더. 그 시절 젊은 이들이라면 누구나 갖고 싶어 하던 전자제품이었다.

"품절이라 구하기 흔들대. 그래도 내가 안양 지하상가 전파상에 선금 걸어 놨어. 6만 원."

6만 원. 1976년의 6만 원은 결코 적은 돈이 아니었다. 그녀는 용돈을 아끼고 또 아껴 그 돈을 모았을 것이다. 그 말을 듣는 순간, 기쁨보다 먼저 미안함이 밀려왔다.

내무반 대원들도 함께 들떠 있었다. 우리는 라디오·카세트레코더가 오면 어떤 노래를 먼저 틀지 이야기하며 손꼽아 기다렸다.

하루, 이틀, 일주일, 한 갈. 그러나 소식은 오지 않았다.

분노 그리고 다짐

결국 들려온 말은 차가웠다. 선금을 받은 전파상 직원이 연락 두절 되었다는 소식. 기대는 분노로 바뀌었다. 그것이 정의감이었는지, 스물을 갓 넘긴 젊은 놈의 자존심이었는지 지금은 잘 모르겠다.

다만 한 가지는 분명했다. 감히, 내 여자 친구를 속이다니. '반드시 잡는다.' 나는 훈련복 대신 정복으로 갈아입었다. 단정하게 차려입은 전투경찰복. 거울 속의 나는 제법 경찰관 같았다.

안양 지하상가 전파상 앞에 섰다.

"그 사람 이름이 뭡니까."

당황한 주인이 말을 더듬었다.

"유… 유종필이라고 합니다. 스물여덟쯤…. 영등포 지하상가에 자주 간다고…."

그것이면 충분했다.

끝까지 간다

다음 날, 나는 근무 시간을 바꾸고 영등포로 향했다. 지하상가 전파상을 하나하나 뒤졌다.

"유종필이요? 부평에 산다던데요?"

부평. 그 한마디를 듣고 나는 일주일 뒤 부평으로 달려갔다. 처음 와 본 부평은 넓고도 낯설었다. 유종필 찾기가 막막했다. 서울에서 김 서방 찾는 격이었다.

문득 머리를 스쳤다. 스물여덟이면 군대를 다녀왔을 나이. 그렇다면 예비군일 것이다. 동사무소로 향했다. (그때는 동사무소 옆에 예비군 중대본부가 있었다.) 당시 부평에는 8개의 동사무소가 있었다. 모두를 뒤지기로 했다.

가까운 동사무소부터 먼저 찾았다. 근무 중인 방위병은 자리에서 벌떡 일어나 나에게 경례를 했다. 경찰관으로 착각하는 것 같았다.

예비군 명단을 한 장, 한 장 넘겼다.

유종필.
부평구 작전동 201번지. 28세.

첫 번째 동사무소에서 찾아낸 이름이었다. 지금 생각해도 기적 같은 행운이었다. 8개 동을 거치지 않고 첫 번째 방문에서 찾아낸 것이다.

주소지를 찾아갔지만, 작전동 201번지에는 이백 가구가 넘는 집이 빼곡했다. 막막했다. 다시 생각했다. 미혼, 혼자 거주. 그렇다면

1970년대 부평 작전동 일대를 찾아 나선
20대 필자

식당에 자주 갈 것이다. 식당 주인은 알 것 같다. 나는 근처 중국집으로 먼저 들어갔다.

"유종필이라는 청년, 아십니까?"

주인이 고개를 끄덕였다.

"저 위 2층에 살아요."

숨이 멎는 줄 알았다.

이불 위의 흔적

2층 작은 방. 문틈 사이로 보이는 이불은 펴진 채, 방금 몸만 빠져나간 듯한 모양이었다. 잡을 수 있을 것 같았지만, 손에 닿지 않았다. '일주일 후, 새벽에 다시 오자.' 발길을 돌리며 다짐했다.

그런데 며칠 뒤, 뜻밖의 소식이 전해졌다. 전파사를 통해 유종필에게 주문했던 주문품이 도착했다는 것이다. 유종필은 주변 사람들에게서 경찰이 자신을 찾아다닌다는 소문을 듣고, 결국 물건을 갖다 놓은 것이었다. 주문품은 무사히 우리 손에 들어왔다. 내무반에 처음 음악이 흘러나오던 날, 우리는 어린아이처럼 기뻐했다.

그러나 그해 여름, 내가 얻은 것은 전축 하나만이 아니었다. 끝까지 찾아가겠다는 집요함, 포기하지 않겠다는 오기 그리고 누군가를 지키겠다는 마음. 그것이 내가 전투경찰로서 그리고 한 인간으로서 가진 유일한 무기임을 그때 처음 알았다.

지금, 내 곁에 세월은 많이 흘렀다

1976년 여름, 부평 골목을 경찰복 차림으로 헤매던 스물한 살 청년은 이제 백발이 성성해졌다. 하지만 그때 안양 지하상가에서 6

만 원을 내밀던 그 소녀의 얼굴은 여전히 또렷하다. 그녀는 지금, 내 아내다. 그리고 나는 안다. 그해 여름 내가 지켜 낸 것은 카세트 레코더가 아니라, 한 여성이라는 것을….

첫 직장, 치열했던 시간들

1980년 봄, 나는 서울시 삼성동의 거대한 건물 앞에 서 있었다. 지금은 세계적인 전시장이 된 코엑스였다. 건물 입구에는 '국력 신장의 표징'이 커다란 글씨로 쓰여 있었다. 그 문장을 올려다보며 나는 잠시 멈춰 섰다. 그때는 몰랐다. 그 건물이 앞으로 나의 젊은 날을 갈아 넣을 전쟁터가 될 것이라는 사실을. 그저 가슴이 조금 뛰었다.

"여기가 내가 다닐 회사인가."

20대 청년은 그렇게 코엑스 문을 처음으로 들어섰다.

전시장이라는 전쟁터

개장 초기 코엑스는 하루도 조용한 날이 없었다. 전시회가 끝나면 곧바로 다음 전시회가 시작됐다. 트럭들이 줄지어 들어왔고, 목재와 철 구조물이 쌓였다. 전시장 바닥에는 망치 소리와 드릴 소리가 하루 종일 울렸다. 외국 바이어와 기업 관계자들이 여러 나라 말로 떠들어 댔다.

전시장 개장 초기, 나는 구매 업무를 맡았다. 홍보물, 장비, 비품 등 필요한 물건이 있으면 전부 내 책상으로 올라왔다. 전화벨은 하루 종일 울렸다.

"이거 오늘 안 되면 큰일 납니다."

"내일까지 꼭 필요합니다."

신입 사원에게 그 일들은 버거웠다. 하지만 그 속에서 나는 조금씩 배우고 있었다. 사회가 얼마나 빠르게 돌아가는지 그리고 그 속에서 사람이 얼마나 단단해져야 하는지.

군대보다 군대 같은 회사

코엑스의 분위기는 독특했다. 회사라기보다 군대에 가까웠다. 직속 상사 대부분이 군 출신이었다. 계장은 소령, 과장은 ROTC 대위, 부장은 중령, 이사는 대령. 그리고 우리의 최고 책임자는 육군 준장 출신의 백 이사장이었다.

박정희 대통령이 직접 임명한 그분은 군에서도 손꼽히는, 군기파로 소문난 분이었다. 직원들은 그를 '백 장군'이라고 불렀다. 그가 전시장에 나타나면 공기가 바뀌었다. 사람들은 갑자기 말수가 줄었다. 보고가 마음에 들지 않으면 책상이 흔들렸고, 때로는 구두가 날아간다는 이야기도 돌았다. 복도 카펫이 빨리 닳는다며, 직원들은 가운데로 다니지 말고 벽 쪽으로만 걸어 다녀야 했다.

어느 날은 아침에 출근했던 직원이 오후에 짐을 싸서 나가는 일도 있었다. 요즈음 같으면 상상도 못 할 일이다. 이유는 아무도 묻지 않았다. 나는 매일 마음속으로 중얼거렸다. '오늘은 제발 내 차례가 아니길…'

명함 제작 일곱 번 반려

전 직원 명함을 새로 제작하는 일이었다. 구매 담당이었던 나는 명함 제작을 맡게 되었다. 며칠 후 명함이 납품됐다. 그런데 문제가 생겼다. 회사 마크에 들어간 태극 문양의 빨간색이 이사장 마음에 들지 않는다는 것이었다. 명함은 다시 제작됐다. 그리고 또다시 반려됐다.

"색이 다르다."

"색의 느낌이 다르다."

결국 그 명함은 일곱 번이나 다시 만들어졌다. 나는 이해할 수 없었다. '색 하나 때문에 이렇게까지 해야 하나?' 명함 제작업체 직원은 결국 회사에서 쫓겨났다고 했다. 그는 내게 찾아와 하소연했다.

"이 일 때문에 직장을 잃었습니다."

나는 잠시 망설이다가 말했다.

"우리 회사에 경비원 자리가 있는데… 해 보시겠습니까?"

그렇게 그는 우리 회사 임시직 경비원이 되었다. 나는 그때 처음 깨달았다. 회사라는 조직 안에서는 사람이 얼마나 쉽게 흔들릴 수 있는지. 그리고 그 안에서도 사람답게 살아야 한다는 것을.

바닥부터 배운 전시 업무

총무부에서 전시사업부로 옮긴 후 전시 업무를 담당하게 되었다. 그때 한국에는 전문 전시장도, 전문 전시기획자도 거의 없었다. 모든 것이 처음이었다. 국제식품전, 국제건설광산전, 피혁제품전, 선물용품전, 섬유전시회.

나는 전시장 바닥을 뛰어다녔다. 부스 하나하나를 확인하고, 외국 업체들과 협의하고, 문제가 생기면 밤새 해결했다. 주말에도 출근하는 날이 많았다. 그러나 이상하게도 그 시간들이 싫지 않았다. 나는 그곳에서 내가 무엇을 잘하는지 조금씩 알게 되었기 때문이다. 돌이켜 보면, 그 3년의 현장 경험은 어떤 대학보다 값진 공부였다.

평생직장은 없다는 깨달음

그러던 어느 날, 큰 사건이 일어났다. 박정희 대통령 서거. 그 후 정부 예산이 줄어들면서 코엑스에도 구조조정이 시작됐다. 직원 200명 중 무려 50명이 한꺼번에 해고되었다. 어제까지 함께 일하던 사람들이 오늘은 짐을 싸고 있었다. 사무실 공기가 무거워졌다.

그때 나는 처음 깨달았다. 평생직장은 없을 수도 있다는 사실을.

내 인생을 바꾼 질문

나는 다른 길을 고민하기 시작했다. 전직을 위해 C제당 공채 시험을 봤고, 합격도 했다. 하지만 급여가 지금보다 훨씬 낮았다. 결국 포기했다.

그리고 어느 날, 나는 스스로에게 질문을 던졌다. 나는 평생 이렇게 살 것인가? 누군가의 회사에서, 언제 잘릴지 모르는 불안 속에서 평생을 보낼 것인가? 그 질문은 내 인생의 방향을 바꾸기 시작했다. 나는 그때 처음으로 창업이라는 길도 생각해 보았다.

지금 돌아보면 코엑스에서 보낸 그 치열한 20대는 나를 괴롭힌 시간이 아니라 나를 단련한 시간이었다. 그리고 그 전시장이라는 전쟁터는 훗날 세계를 향해 나아갈 나의 첫 훈련장이었다.

이렇게 20대의 훈련기를 거쳐 더 넓은 세상으로의 도전을 위해 코트라에 입사하였고, 해외 근무를 통해 폭넓은 세상을 접하게 되었다.

제2부

젊은 날의 해프닝

친구의 '함진아비'였던 날

1980년대, 함진아비의 탄생

혹시 '함진아비'라는 말을 아는가? 전통 혼례에서 신랑 측이 신부 측에게 예물(함)을 보낼 때, 그 함을 지고 가는 사람을 말한다. 요즘은 아예 사전에서나 찾아봐야 하는 유물 같은 단어다.

1980년대 초, 나는 그 유물이 된 적이 있다. 그것도 자원해서가 아니라, 선택받아서.

미아동의 밤, 함의 무게

어느 날이었다. 미아동에서 함께 자란 이웃 친구의 결혼식을 하루 앞두고, 우리는 함을 팔러 가게 되었다. 같은 학교 동창은 아니었지만, 마음을 터놓고 지내던 사이. 나를 포함해 친구 네 명이 어둠이 내려앉은 밤길을 걸었다.

가로등 불빛이 군데군데 끊긴 미아동 골목. 우리는 함 하나를 가운데 두고 서 있었다. 함은 생각보다 무거웠다. 그런데 그보다 더 무거운 게 있었다. '우리가 이걸 제대로 할 수 있을까?' 하는 불안감.

"야, 결혼한 사람이 메야 하는 거 아니야?"

누군가가 던진 한마디. 모두가 서로의 얼굴을 쳐다봤다. 결혼한 사람은 아무도 없었다. 찬바람만 쌩쌩 불었다. 머뭇거림 끝에, 시선이 한곳으로 모였다. 바로 나였다. '왜? 왜 하필 나였을까?' 나는 그날 이후 줄곧 생각해 왔다. 내가 가장 덩치가 컸던 것도 아니고, 가장 나이가 많았던 것도 아니다. 아마도 표정이 가장 멍청했나 보다. 말리는 사람이 없을 만한 표정.

그렇게 나는 하루아침에 '함잡이 대표'가 되었다. 지금 생각하면 그 자체로 레전드다. 함잡이인데, 함을 잡은 적이 한 번도 없음.

상도동의 양옥집 그리고 침묵

신붓집은 상도동 2층 양옥집이었다. 담장은 높았고, 창문엔 불이 켜져 있었다. 나는 숨을 한 번 고르고, 전통의 목소리를 빌려 외쳤다.

"함, 사, 세, 요!"

아무 반응이 없었다. 다시 외쳤다.

"함, 사, 세, 요오오오!"

침묵.

목이 쉴 때까지 외쳤다. 집은 미동도 없었다.

"이거… 혹시 빈집 아냐? 아니면 우리가 잘못 온 거 아니야?"

그때, '삐걱', 문이 열렸다. 안에서 사람이 나왔다. 아마 신부 오빠인 듯했다. 우리는 안도의 한숨을 쉬었다. 드디어 함을 팔 수 있겠구나. 그런데 그가 한 말은 전혀 예상치 못한 것이었다.

"함은 나중에 팔고, 일단 술이나 한잔하고 가."

잠시만요? 우리는 함을 팔러 왔습니다. 술 마시러 온 게 아니라고요.

하지만 그 말은 제안이 아니었다. 명령에 가까웠다. 우리는 팔아야 할 함보다 먼저 집 안으로 끌려 들어가다시피 했다. 함지기 초보인 우리에게 요령이 있을 리 없었다. 결국 함값도 제대로 못 받고 집 안으로 빨려들어 갔다.

첫 양주 그리고 운명의 시작

잠시 후, 잘 차려진 저녁상이 들어왔다. 그리고 그 위에는 낯선 술병이 하나 놓여 있었다. 양주였다. 그날 나는 태어나 처음으로 양주라는 걸 마셨다. 문제는 내가 그걸 양주로 대우하지 않았다는 것이다. 나는 그걸 '비싼 소주' 정도로 생각했다. 잔이 비면 채우고, 채워지면 또 비웠다. 양주를 소주처럼 마시는 이 기적 같은 광경.

이후의 기억은 군데군데 빠져 있다. 기억의 리모컨으로 건너뛰기 버튼을 누른 것처럼.

미아리고개에서의 대참사

다음 날 결혼식은 수유동에서 열리기에 우리는 근처 여관을 잡기 위해 택시를 탔다. 앞자리에 한 명, 뒤에 세 명. 문이 닫히자마자 모두 곯아떨어졌다. 알코올이 우리의 의식을 압수했다. 얼마나 지났을까?

"다들 내려요! 지금 당장 내려!"

택시 기사의 고함에 우리는 벌떡 깼다. 벌써 목적지에 도착했나? 밖을 보니, 여긴 수유동도 아니고 여관 근처도 아니었다. 미아리고개 중간쯤이었다.

"왜 여기서 내리라는 겁니까?"

따지듯 묻자, 기사는 더 화를 냈다.

"잔소리 말고 빨리 내려!"

그제야 상황을 알게 되었다. 앞 좌석에 앉아 있던 친구가 그만… 실례를 했던 것이다. 차 안에서 물 흐르는 소리가 났고, 기사는 그 소리에 차를 세웠다. 지금 생각하면 영화에서도 보기 힘든 장면이다. 택시 안에서의 돌발 홍수.

우리는 미아리고개 한복판에 버려지다시피 내려졌다. 밤공기는 쌀쌀했고, 우리의 자존감은 더 쌀쌀했다.

결혼식 날 아침의 좀비들

다음 날, 결혼식장에 도착한 우리는 말 그대로 눈을 비비며 식에 참석했다. 한 친구는 눈썹 위에 이상한 상처까지 있었다. 함을 팔던 중 손사래를 치다 촛불에서 떨어진 뜨거운 밀납이 눈 부위에 떨어진 탓이었다. 함잡이의 업무 중 밀납 테러. 매뉴얼에도 없던 위험 요소였다.

우리는 마치 전쟁에서 막 돌아온 참전 용사 같았다. 피로에 찌든 얼굴, 알 수 없는 상처 그리고 숙취. 그럼에도 결혼식은 무사히 끝났다. 신랑과 신부는 행복해 보였다. 우리의 희생이 헛되지 않았음을 느꼈다.

신혼여행 후의 충격 고백

며칠 뒤, 신혼여행에서 돌아온 친구가 연락했다. 다음 날 만나자는 거였다. 만나서 들은 이야기는 충격 그 자체였다.

그는 신혼여행을 떠날 때까지도 신혼집을 마련하지 못한 상태였다. 전세 자금이 부족했기 때문이다. 여행에서 돌아와서야 겨우 금천구 독산동에 방 한 칸을 얻었다는 것이다. 처가에서 보내 주겠다는 전자 제품과 장롱 같은 신혼살림도 다 미뤘다고 했다. 그리고 처가는 이 모든 사정을 전혀 모르고 있었다.

결혼식은 했지만, 집은 없음. 신혼여행은 갔지만, 돌아올 집은 없음. 나는 그 자리에서 정말 놀랐다. 걱정보다 용기가 앞서는 사람, 계획보다 배짱으로 사는 사람이 바로 내 친구였다.

세월이 흐른 뒤의 반전

세월이 흘렀다. 그 친구는 회사를 나와 자기 사업을 시작했고, 그 사업은 어느새 중견기업이 되었다. 걱정보다 용기가 앞서는 성격이 사업에서는 통한 모양이다.

그리고 그날 밤 택시 앞자리에 앉아 인생 최대의 실수를 저질렀던 그 친구는… 훗날 경찰서장이 되었다. 나는 그 소식을 듣고 한참을 웃었다. 인생이란 참 아이러니하다. 한때 공공장소에서 시민 의식을 심각하게 훼손했던 그가, 나중에 공공질서를 수호하는 사람이 되다니.

그날 밤을 생각하며

가끔 그날 밤을 떠올린다. 함을 메던 밤, 술에 취해 웃던 얼굴들, 미아리고개 한복판에 버려져 멍하니 서 있던 모습, 밀납 테러를 당한 친구의 눈썹 그리고 집도 없이 신혼여행을 떠난 신랑.

인생은 그날 밤처럼 흘러간다. 계획은 어긋나고, 실수는 터지고, 집이 없어도 사람은 결혼한다. 하지만 겁 없이 한 발 내딛는 사람은 결국 자기 자리에 도착한다. 어떤 이는 중견기업의 대표로, 어떤 이는 경찰서장으로.

함은 오래전에 사라졌다. 지금 와서 누가 함을 지고 가겠는가? 하지만 그날 밤은 아직도 내 기억 속에 선명하다. 젊음이란 이름의, 조금은 무모했지만 뜨겁고, 조금은 부끄럽지만 웃음 나는 밤으로.

그리고 나는 여전히 생각한다. '왜 하필 내가 함잡이였을까?' 아마도 인생은 가끔, 아무 이유 없이 나를 주인공으로 만든다.

나는 이미 결혼했었다

1986년, 나는 신혼이었다

때는 1986년. 정확히 40년 전 일이다. 서울 코엑스는 16개국이 참가하는 국제관광산업박람회 인파로 들끓고 있었다. 각국의 언어와 냄새가 뒤섞인 그 혼란스러운 현장에서 나는 갓 결혼한 20대 풋내기 실무자로 한국관 운영을 담당하고 있었다. 임무는 단순했다. '전 세계인에게 한국의 매력을 알려라!'

그런데 문제가 하나 있었다. 함께 일할 여성 스태프가 필요했다. 단정하고 깔끔한 인상에, 국가 대표로 내보내도 민망하지 않을 품격을 갖춘 인재 말이다. 외모보다 중요한 건 '내면의 빛'이라고 생각했다. 하지만 현실은 그런 인재가 단기간에 나타날 리 없었다. 결국 전문 용역업체에 SOS를 쳤다. 며칠 후, 업체 담당자가 나타나 내 앞에 이력서 300장을 탁 쌓아 놓았다.

"여기 있습니다. 직접 고르세요."

300:1의 경쟁률 그리고 나의 선택

한 장, 한 장 넘기던 손이 어느 순간 멈췄다. 이화여자대학교 독어과 졸업. 영어 회화 가능. 사진 속에서조차 번쩍이는 총명함과 고급스러운 분위기. 이름은 허영미(24, 가명). 나는 망설임 없이 그녀를 선택했다.

내 선택을 보고 직속 상관인 과장님(40대 초반, 국회의원 아드님, 한량 기질 200%)의 표정이 살짝 굳었다. 뭔가 불만이 있어 보였다. 하지만 영미 씨가 현장에 나타나는 순간, 과장님의 표정은 굳음에서 환함으로 180도 변했다. 출중한 외모, 유창한 영어와 독일어 실력. 그녀 자체가 최고의 전시품이었다.

박람회 첫날, 나는 그녀에게 농담을 던졌다.

"축하합니다. 300대 1의 경쟁률을 뚫은 최종 합격자세요. 제가 직접 뽑았습니다."

그녀는 수줍게 웃었다. 그리고 나중에 알게 된 사실이지만, 그녀는 그 순간 내가 총각이라고 생각했다고 한다. 맙소사, 내 신혼 분위기가 그렇게 안 났나?

어머니 등장 그리고 초대

개막 이튿날, 그녀가 말했다.

"제 친언니가 스튜어디스인데, 내일 구경 온대요. 시간 되시면 인사라도…"

다음 날 나타난 언니는 영미 씨를 빼닮은 미모의 소유자였다. 전시장 카페에서 나눈 차 한잔은 무난하게 흘러갔다.

셋째 날, 이번엔 어머니가 방문한다는 연락이 왔다. 전시장 지하 다방에서 만난 어머니는 단아하고 품위 있는 분이었다. 딸이 어떻게 일하는지 궁금해서 왔다며, 나를 유심히 살펴보시더니 돌아가시면서 담담하게 한마디 던지셨다.

"언제 한번 우리 집에 놀러 오세요."

나는 그냥 예의상 하는 말인 줄 알았다. 인사치레. 누가 진짜로 가겠어? 그날 저녁, 나는 과장님께 보고했다.

"과장님, 오늘 영미 씨 어머니랑 언니가 왔다 갔어요. 놀러 오라시더라고요."

과장님의 눈빛이 순간 번쩍였다.

"그래? 그럼 이번 주 토요일에 바로 가는 게 예의 아니겠나?"

"… 네?"

나는 속으로 외쳤다. '과장님, 저도 결혼했고 과장님도 결혼하셨잖아요! 우리 왜 놀러 가는데요?' 하지만 이미 과장님의 눈은 흥미로 반짝이고 있었다. 말릴 수 없었다.

잠원동 아파트의 함정

토요일, 서초구 잠원동 한신아파트 12층. 초인종을 누르자 문이 열렸다. 어머니, 언니, 영미 씨가 반겨 주는 고급스러운 집 안. 벽에는 마치 선장처럼 위풍당당한 중년 남성의 사진이 걸려 있었다. 아버님이셨다.

담소를 나누고, 저녁 무렵 어머니께서는 잠깐 볼일이 있다며 자리를 피하셨다. 언니와 영미 씨가 준비한 저녁을 네 사람이 먹고, 과장님의 제안으로 우리는 한남동 볼링장으로 향했다. 볼링장은 완전히 과장님과 언니의 무대였다. 나와 영미 씨는 볼링을 해 본 적이 없어 구경만 할 수밖에 없었다. 과장님은 신나서 언니에게 볼링을 가르치며 투구법을 알려 줬다.

그 광경을 보며 나는 문득 생각했다.

'뭔가 이상한데…?'

그리고 6개월 후, 장미꽃다발의 습격

박람회가 끝나고 각자의 일상으로 돌아갔다. 6개월이 흘렀다.

어느 점심시간 무렵, 사무실 문이 살짝 열리며 장미꽃다발과 함께 두 얼굴이 스멀스멀 들어왔다. 영미 씨와 그 언니였다. 그녀들이 나를 보며 손짓했다. 당황한 나는 과장님께 보고했다.

"과장님, 영미 씨랑 언니가 왔는데 점심 같이하재요."

과장님 얼굴에 환한 미소가 번졌다.

"좋지! 나가서 같이 먹어야지!"

지하 주차장, 차에 오르자 과장님이 선언했다.

"구내식당 말고, 멀지만 분위기 좋은 일식집으로 가자."

그 순간, 번개가 번쩍했다. '이 차 타면 1시까지 절대 못 돌아온다.' 나는 조심스럽지만 분명하게 말했다.

"저… 저는, 미안한데, 오늘 구내식당에서 먹어야 할 것 같아요. 세 분만 가세요."

차 안이 갑자기 조용해졌다. 언니가 아쉬운 목소리로 말했다.

"주인공이 빠지면 무슨 재미가 있어요?"

주인공?

그 한마디에 퍼즐이 맞춰졌다. 딸깍!

어머니의 방문. 집으로의 초대. 언니의 미모. 볼링장의 데이트. 그리고 지금의 점심 초대. 그들은 나를 미혼 총각으로 보고, 영미 씨의 '적절한 상대'로 점찍은 것이다. 나는 무대 위에 서 있었지만, 대본이 있는지조차 몰랐다. 그것도 로맨틱 코미디 대본을.

나는 얼어붙은 미소로 계속 사양했다. 결국 그들은 세 사람만 떠났다. 차가 멀어지는 것을 바라보며 허탈감과 어이없음이 밀려왔다. 그날 늦게, 나는 영미 씨에게 전화를 걸었다.

"사실… 저 결혼했습니다. 박람회 때도 신혼이었어요."

전화기 너머로 느껴진 당혹감과 침묵. 그 후로 우리는 연락이 끊겼다.

40년이 지난 지금

지금 돌아보면, 그 모든 게 유쾌한 추억이다. 그 순진했던 20대의 나. 국가 행사를 책임진다며 정신없이 뛰던 그 시절. 그리고 300:1의 경쟁을 뚫고 나타난, 한 편의 오해와 해프닝.

영미 씨, 지금은 어디서 뭐 하고 계실까?

그 오해가 조금은 서운했을지도 모르겠다. 하지만 그 덕분에 나는 인생에서 가장 독특하고 진기한 한 페이지를 갖게 됐다. 그 모든 게, "나는 결혼했다"는 한마디를 빼먹은 데서 시작됐다니. 지금 생각해도 참 웃기고 놀랍다.

"나는 이미 결혼했었다."

근데 그때는 아무도 내 말을 안 믿었다.

5월의 불청객 그리고 달콤한 참사

5월의 햇살은 따스하면서도 뜨겁지 않고, 바람은 스치듯 불어와 살갗을 스친다. 신록은 하루가 다르게 짙어져 간다. 퇴계로의 가로수길은 그렇게 5월의 정취를 가득 머금고 북적였다. 나는 아무 생각 없이 길을 걷고 있었다. 점심 먹고 커피 한잔한 느긋한 오후. 컴퓨터 모니터만 보다 나온 터라 머리는 멍하고, 발길은 가볍고.

그런데 세상은 가끔, 아무 예고 없이 대박을 터뜨릴 때가 있다.

하늘에서 벌레가, 땅에서는 기회가

그날의 주인공은 플라타너스나무 위에 살고 있던 이름 모를 송충이였다. 온몸을 검은 털로 뒤덮은, 디자인으로 따지면 완전 촌스러운 그 벌레가 결정적인 순간에 기지를 발휘했다. 정확히 말하면, 기지인지 실수인지는 모르겠지만.

그 벌레가 나뭇잎 사이에서 '풀쩍'(어쩌면 '떨어졌다'고 표현하는 게 맞을지도) 내 앞을 걷고 있던 한 여인의 머리카락 위로 착지한 것이다. '뚝' 소리가 났을까? 아니면 내 귀에는 그렇게 들렸을까?

다음 순간, 그녀의 몸이 축 쫙 긴장하며 굳어졌다. 그리고 마치 스프링이 튀어 오르듯 "엄마야!" 하는 비명과 함께 몸을 돌렸다. 당황한 눈빛. 파닥이는 속눈썹. 그 모든 것이 한동안 슬로 모션으로 재생되는 영화 장면처럼 브였다.

본능의 위대함

위급한 상황에서 인간은 논리나 이성을 상실하고, 본능적으로
가장 가까운 피난처를 찾는다. 그녀가 찾은 피난처는, 마침 곁을
지나가던 다소 얼빠져 보이던 한 신사—바로 나—의 품 안이었다.

푸학! 아, 이거야말로 5월의 횡재 아닌가?

가냘픈 어깨가 내 가슴에 닿았고, 향긋한 머리카락 냄새가 코끝
을 스쳤다. 온종일 컴퓨터 모니터만 보다가 맞이한 이 예측 불가한
사건.

나는 무의식중에 살짝 팔을 벌렸다. 도와줄 준비가 됐다는 의미
에서? 아니면… 글쎄. 나도 모르게 흐뭇한 미소가 입가에 맴돌았
다. '이럴 수가.' 하는 당혹감과 '이러다 끝나겠지.' 하는 아쉬움이 교
차하는 찰나의 순간.

잠시 후 그녀는 정신을 차렸는지, 내 품에서 슬쩍 빠져나왔다.
얼굴은 홍당무처럼 붉어져 있었고, 눈은 땅을 향해 깊이 숙여져
있었다.

"죄… 죄송합니다…"

목소리는 새된 듯 가늘었고, 말을 끝내기도 전에 발걸음을 돌려
황망히 멀어져 갔다. 흰 원피스 자락이 바람에 날리는 모습만이 아
련하게 남아, 마치 5월의 한 폭 수채화처럼 번지고 사라졌다.

신록이 우거지고, 진달래와 철쭉이 지나가며 장미와 수국이 화
려하게 무대에 오르는 5월이 오면 그 화려함 속에서 나는 가끔, 이
름 모를 벌레 한 마리와 그로 인한 아름다운 '참사' 한 토막을 떠올

린다.

아, 5월이 오면… 아직도 그날의 가로수길이, 그 작은 소동이, 그리고 내 품에 잠깐 머물렀던 그 뜨거운 당황이 문득문득 생각난다.

누군가에게는 작은 공포였을 그 사건이, 나에게는 5월이 주는 아주 달콤한 추억이 되어 버렸다.

제3부

첫 해외 발령,
파키스탄

카라치 공항에 내리던 밤

1986년, 운명의 날

1986년 10월의 어느 밤이었다. 비행기 창 밖으로 낯선 도시의 불빛이 보이기 시작했다. 어둠 속에서 희미하게 번지는 노란 불빛들. 그 아래가 바로 카라치였다. 그때까지만 해도 나는 그 도시가 앞으로 내 인생의 기억 속에서 얼마나 큰 자리를 차지하게 될지 알지 못했다.

비행기가 활주로에 내려앉자 묵직한 충격이 전해졌다. 잠시 뒤, 기내 방송이 흘러나왔다.

"카라치에 도착하셨습니다."

그 짧은 한 문장은 내 인생의 또 다른 장이 시작된다는 신호였다.

트랩을 내려오는 순간, 뜨겁고 습한 공기가 온몸을 감쌌다. 마치 누군가 뜨거운 천을 얼굴 위에 덮어 놓은 것 같은 공기였다. 나는 순간, 숨을 고르며 생각했다. '아… 여기가 파키스탄이구나!'

공항은 조용했지만 어딘가 낯설고 긴장된 분위기가 흐르고 있었다. 어둠 속에서 군인들의 실루엣이 보였고, 낡은 조명 아래로 사람들이 천천히 움직이고 있었다.

한국에서 출발할 때까지만 해도 모든 것이 막연했다. 첫 해외 발령. 가족과 함께 떠나는 낯선 나라. 그리고 전혀 알지 못하는 세계.

공항 출구로 나가자 몇 사람이 우리를 기다리고 있었다. 무역관 관장님 부부와 현지에 나와 있던 한국 기업의 주재원 가족들이었다. 그들은 마치 오래된 친구를 맞이하듯 환하게 웃으며 다가왔다.

"오시느라 고생 많으셨습니다."

그 한마디가 그날 밤 얼마나 따뜻하게 들렸는지 모른다. 낯선 나라에서 처음 만난 사람들이었지만 그 순간만큼은 이상하게도 가족처럼 느껴졌다.

차를 타고 공항을 빠져나왔다. 도로 위에는 화려하게 장식된 트럭들이 줄지어 달리고 있었다. 차체에는 꽃무늬와 거울 장식이 빛나고 있었고, 헤드라이트 불빛이 어둠 속에서 반짝였다. 그 모습은 어린 시절 고향에서 보았던 화려하게 꾸며진 상여를 떠올리게 했다.

1986년 파키스탄 카라치 중심가

나는 창밖을 바라보며 생각했다.

'세상에는 참으로 다양한 모습의 삶이 있구나.'

그날 밤, 우리는 무역관에서 준비해 준 아파트에 도착했다. 문을 열자 냉장고에는 과일이 가득했고, 침대에는 이불과 베개가 가지런히 놓여 있었다. 누군가가 먼 길을 온 우리 가족을 위해 조용히 준비해 둔 것이었다.

그 작은 배려가 그날 밤 내 마음을 깊이 울렸다. 나는 그때 마음속으로 다짐했다. '언젠가 내가 이 자리에 서게 된다면 나 역시 이렇게 후배들을 맞이하겠다.'

그날 밤, 쉽게 잠이 오지 않았다. 창밖에서는 야자수 그림자가 바람에 흔들리고 있었다. 멀리서 이슬람 사원의 기도 소리가 밤공기 위로 흘러왔다.

"알라… 알라…"

낯선 소리였다. 하지만 그 소리를 들으며 나는 조용히 생각했다. 나는 지금 전혀 다른 세계의 문 앞에 서 있었다. 그리고 그 문을 열고 내 인생의 새로운 이야기가 시작되고 있었다.

무더운 날씨와 정전과의 전쟁

10월의 카라치는 유난히 뜨거웠다. 낮에는 숨 쉬는 것조차 버거웠다. 그러나 진짜와의 전쟁은 밤에 시작되었다.

첫날 저녁, 샤워를 하려고 수도꼭지를 틀었다. 뜨거운 물이 쏟아졌다. '아, 온수가 나오는구나.' 순간적인 착각이었다. 옥상의 물 저장 탱크가 뜨거운 태양 볕에 달궈진 물이었다. 온수가 아니라 태양 물이었다. 그 물로 샤워를 하면 피부가 화끈거렸다. 그래도 어쩔 수 없었다. 그곳이 우리 집이었다.

각 방마다 에어컨이 있었다. 하지만 정전 앞에서는 무용지물이었다. 카라치의 정전은 예고 없이 찾아왔다. 손님처럼 오지 않았다. 도둑처럼 덮쳤다.

한밤중, 갑자기 에어컨이 멈췄다. 선풍기 날개가 천천히 멈췄다. 어둠이 방 안 가득 들어찼다. 숨이 턱 막혔다. 더위가 벽처럼 다가왔다. 그러면 우리 가족은 자동차로 향했다. 서로를 부축하며 계단을 내려갔다. 주차장에 세워 둔 우리 차에 시동을 걸고 에어컨을 켰다.

차에 에어컨을 켜고 카라치 시내를 한 바퀴, 두 바퀴. 아라비아 해변도 또 달렸다. 아이들은 뒷좌석에서 곯아떨어졌다. 아내는 앞자석에 기대어 눈을 감았다. 나는 핸들을 잡고 밤길을 달렸다. 가로등 불빛이 드문드문. 길거리에선 여전히 사람들이 브였다. 밤이 더위를 피해 나온 그들이었다.

불편하다고 느낀 적 없다. 오히려 모험이었다. 가족과 함께하는 야간 투어. 카라치의 밤은 조용하지 않았다. 살아 숨 쉬고 있었다, 우리처럼.

우리는 유턴했다. 아파트로 돌아가는 길, 창문을 열었다. 밤공기가 들어왔다. 아직 뜨거웠지만, 아까보다는 덜했다. 얼른 방으로 올라가 에어컨 버튼을 눌렀다. 시원한 바람이 나왔다. 작은 승리의 미소가 번졌다. 아이들은 꿈속에서도 웃고 있었다.

그날 밤, 우리 가족은 정전과 그렇게 우리는 싸웠다. 지금 생각하면 웃음만 난다. 더위와의 전쟁. 정전과의 전쟁. 그러나 결국은 우리 가족과의 추억이었다.

한여름 밤의 드라이브. 아이들은 차 안에서 잠들고, 아내는 창밖을 바라보고, 나는 핸들을 잡고. 낯선 도시의 밤은 두렵지 않았다. 함께였기에, 우리였기에. 그해 우리는 졌을지 모른다. 더위와 정전에. 하지만 우리는 얻었다. 함께라는 것, 그 소중함을.

카라치의 무더운 밤. 에어컨 없이도 뜨거웠던 우리의 사랑. 그 사랑이 우리를 버티게 했다. 오늘의 우리가 있게 했다.

지금도 10월만 되면 생각난다. 그 뜨거웠던 밤, 그 정전과의 전쟁. 그리고 차 안에서 잠들었던 우리 가족의 얼굴이.

낯선 외국 땅에서 배운 생존의 지혜

이웃의 소중함

치안이 불안하고 생활 환경이 열악한 나라에서 살다 보면 한 가지를 절실히 깨닫게 된다. 이웃의 소중함이다. 그곳에서는 혼자만의 판단으로 안전을 지키기 어렵다. 먼저 와서 살아 본 사람들의 경험이 무엇보다 중요하다. 그들의 말 한마디가 곧 생존의 지침이 된다.

"물은 반드시 끓여 마셔라."

"그 지역은 위험하니 가지 마라."

"모기에 물리지 않도록 조심해라."

이 말들은 평범한 조언처럼 들린다. 그러나 그 뒤에는 실제 경험이 있다. 누군가는 방심하다 병을 얻었고, 누군가는 작은 실수로 큰 고생을 했다. 그런 경험이 경고가 되고, 그 경고가 또 다른 사람을 지켜 준다.

위험한 환경에서 하루를 무사히 보내는 것은 혼자 잘해서가 아니다. 다른 사람들의 경험과 희생 덕분이다. 그래서 어려운 나라에서 만난 이웃은 특별하다. 서로가 서로의 안전망이 된다. 무심코 건넨 한마디가 큰 도움이 된다.

이 관계는 혈연은 아니지만 매우 단단하다. 같은 환경을 함께 견

디며 신뢰가 쌓이기 때문이다. 귀국한 뒤에도 연락을 오래 이어 가는 이유가 여기에 있다.

돌이켜 보면 해외 근무는 단순한 일이 아니었다. 삶의 방식을 다시 배우는 시간이었다. 낯선 땅에서 산다는 것은 그 나라의 문화만 배우는 일이 아니다. 물, 공기, 위생, 질병, 보이지 않는 위험까지 모두 받아들이는 일이다.

물의 소중함을 알다

우리 가족이 처음 파키스탄에 부임했을 때 가장 먼저 들은 말이 있다.

"수돗물을 절대 그대로 마시지 마십시오."

정수기를 거친 물이라도 다시 끓여야 한다고 했다. 가능하면 두 번, 세 번 끓여 마시라고 했다. 처음에는 지나친 것 같았다. 하지만 현지에서 오래 살아온 사람들의 말이라 그대로 따랐다.

물을 세 번 정도 끓이고 나면 냄비 바닥에 하얀 가루가 남았다. 처음에는 불순물인가 싶어 놀랐다. 알고 보니 물속에 녹아 있던 칼슘 성분이 가라앉은 것이었다. 그것을 볼 때마다 이런 생각이 들었다. '이 물을 그대로 마시면 몸에 어떤 영향을 줄까?' 실제로 현지에는 신장 질환을 앓는 사람이 적지 않다고 들었다. 그때 처음으로 물의 중요성을 실감했다.

어느 날 점심 식사 후였다. 현지 직원이 수도꼭지에서 물을 받아 그대로 마셨다. 나는 놀라서 물었다.

"저 물을 그냥 마셔도 괜찮습니까?"

그는 웃으며 말했다.

"저는 태어날 때부터 이 물을 마셨습니다. 그래서 괜찮습니다. 하지만 외국인은 절대 마시면 안 됩니다."

그 말을 듣고 깨달았다. 같은 물이라도 우리는 같은 조건이 아니다. 그들은 그 환경에 이미 적응했다. 우리는 다른 방식으로 조심해야 한다. 그리고 이런 사실을 알려 준 것도 결국 이웃과 동료들이었다.

속옷도 다려 입어야 했다

이후 아프리카 나이지리아 라고스에서 근무하게 되었다. 그곳에서는 또 다른 생활 수칙을 배웠다.

"빨래를 절대 밖에 널지 마십시오."

모든 빨래는 집 안에서 말려야 했다. 특히 속옷은 고온 다리미로 다린 뒤 입으라고 했다. 처음에는 이해하기 어려웠다. 그러나 이유를 듣고 나서 놀랐다.

그곳에는 툼부 플라이(Tumbu fly)라는 파리가 있었다. 이 파리는 빨래에 알을 낳는다. 특히 땀 냄새가 남아 있는 옷을 좋아한다. 야외에 널어 둔 빨래에 알을 붙여 놓는다. 그래서 그 옷을 입으면 문제가 생긴다. 알에서 나온 유충이 피부 속으로 들어갈 수 있기 때문이다.

처음에는 모기에 물린 것처럼 가렵다. 붉은 반점이 생긴다. 대부분 대수롭지 않게 넘긴다. 하지만 며칠이 지나면 그 부위가 단단하게 부어오른다. 통증도 심해진다. 가운데에는 작은 구멍이 생긴다. 그 구멍은 유충이 숨을 쉬는 통로라고 했다. 어떤 사람은 피부 안에서 무언가 움직이는 느낌을 받았다고도 했다.

이 유충은 보통 일주일에서 열흘 정도 자란 뒤 밖으로 나온다. 그러나 그 과정에서 염증이 생기기도 한다.

현지에서 오래 근무한 한 이웃이 방법을 알려 주었다. 부은 부위에 참기름을 바르면 유충이 숨을 쉬려고 밖으로 나온다. 그때 제거하면 된다는 것이다. 그 이야기를 들은 뒤 우리 가족의 생활 습관이 바뀌었다. 속옷과 수건, 피부에 닿는 옷은 반드시 다리미로 다려 입었다. 빨래를 다리는 일은 단순한 위생 습관이 아니었다. 건강을 지키기 위한 생활 수칙이었다.

지금 돌아보면 파키스탄의 물과 아프리카의 파리는 같은 사실을 알려 주었다. 우리가 당연하게 여겼던 환경은 결코 당연한 것이 아니다. 낯선 땅에서는 그 환경을 이해해야 한다. 그리고 그 배움의 중심에는 늘 사람이 있었다.

먼저 와서 살았던 이웃들. 경험을 나눠 준 동료들. 자신의 실수를 이야기해 준 선배들. 우리는 혼자 살아남은 것이 아니었다. 서로의 경험 덕분에 하루하루를 무사히 보낼 수 있었다.

아라비아 해변에서 무더위를 식히는 카라치 시민들

해외 근무는 쉽지 않은 시간이었다. 하지만 세상을 보는 눈을 넓혀 준 시간이었다. 그때 몸으로 배운 경험은 지금도 내 삶을 지탱해 주고 있다.

뜻밖의 호사

한국에선 말단 사원. 그런 내게 운전사와 가정부가 생겼다.

무슬림 문화였다. 형편이 나은 사람이 어려운 이들을 돕는 전통. 운전사의 월급은 고작 50달러. 큰 부담이 아니었다. 그런데 처음엔 어색했다. 운전사가 운전하는 차 뒷좌석. 한국에선 항상 버스를 타고 출퇴근했는데, 갑자기 부자가 된 기분이었다.

웃음이 났다. 지금 생각하면 더 웃기다. 그 호사스러움이 우습기만 하다.

시장 풍경과 해산물 파라다이스

무슬림은 비늘 없는 생선을 먹지 않았다. 낙지, 오징어, 갈치, 꽃게, 병어. 모두 금기였다. 돼지고기도 마찬가지.

그래서 해산물은 거저먹다시피 했다. 시장에 가면 산더미 같은 생선, 싱싱한 오징어가 널려 있었다. 주말이면 해변으로 향했다. 현지에 주재하고 있는 한국인 가족들과 함께. 바위틈에 숨은 낙지를 잡고, 반짝이는 조개를 주웠다.

바닷바람에 섞여 오는 그리움. 아이들의 웃음소리. 그날의 맛. 지금도 잊을 수 없다. 그날들이 나를 만들었다.

첫 해외 근무. 가족과 함께한 낯선 땅. 쉽지 않은 날들의 연속이었다. 하지만 그날의 감동이 있었다. 가슴속 다짐이 있었다. 소소한 행복들이 쌓이고 쌓였다. 그게 오늘의 나를 만들었다.

40년이 흘렀다. 그런데 아직도 생생하다. 카라치의 뜨거운 밤, 알라의 기도 소리, 야자수 그림자, 정전된 밤의 에어컨 바람, 가족과 함께한 해변의 추억. 내 인생의 가장 소중한 페이지. 그곳에 카라치가 있다.

카라치 에임프레스 마켓

나는 그날 밤 다짐했다. 누군가 낯선 땅에 첫발을 디딜 때, 내가 먼저 손을 내밀겠다고. 그 따뜻함이 얼마나 큰 힘이 되는지 나는 잘 알고 있으니까.

물 없는 도시와 물 넘치는 집

단수가 잦은 현실

40년 전 카라치. 뜨거운 여름이 시작됐다. 젊음은 무모했다. 어떤 어려움도 이길 거라 믿었다. 그런데 물 앞에서 무력했다. 가장 기본적인 것, 그 소중함을 그곳에서 배웠다.

외국인 전용 주택, 그곳에도 물은 귀했다. 우리 집은 외국인 전용 주택이다. 땅을 2미터 파고 지하 물 저장소를 만들었다. 옥상엔 물탱크가 설치되어 있었다. 지하에서 옥상으로 펌프가 물을 날랐다. 그 일은 정원사의 몫이었다. 고급 주택이라고 해도 물 사정은 달랐다. 수도물 수압이 너무 약했다. 하루 종일 틀어 놔도 절반만 찼다. 물줄기 소리는 아팠다. 마치 가쁜 숨결처럼 약하게, 가늘게 흘렀다.

물이 끊기는 날의 공포

물이 나오는 날은 다행이었다. 그러나 아예 끊기는 날이 있었다. 그러면 우리는 하늘만 바라봤다. 한여름이면 카라치 전체가 아팠다. 물 부족이 도시를 삼켰다. 저장고 있는 우리도 힘들었다. 서민들은 오죽했을까? 생각만 해도 가슴이 먹먹해진다.

물 트럭 그리고 악덕 업자들

가장 끔찍한 순간. 지하 물 저장고가 바닥이 드러날 때였다. 어쩔 수 없이 물을 운반하는 트럭을 불렀다. 정원사는 물 운반 기사와 흥정했다. 그의 얼굴엔 항상 긴장이 흘렀다.

트럭이 어디서 물을 퍼오는지 아무도 몰랐다. 원래는 인더스 강까지 가야 했다. 그래야 깨끗한 물을 싣고 올 수 있기 때문이다. 그런데 업자들은 유류 값이 아까웠다. 가까운 웅덩이에서 오염된 물을 퍼왔다.

어떤 날은 역한 냄새가 났다. 어떤 날은 탁한 빛깔이었다. 그래도 우리는 따질 수 없었다. 물이 필요했다. 받아야 했다. 감사해야 했다. 그게 현실이었다.

진흙과 정수기의 기록

저장고가 다시 바닥날 즈음, 바닥엔 진흙이 수북했다. 삽으로 퍼내야 했다. 그 진흙을 보며 생각했다. '우리가 이 물을 마셨구나.'

당시엔 생수가 없었다. 마트에 생수병이 즐비한 지금과 달랐다. 정수기는 사치품이 아니었다. 생존 장비였다. 필터는 일주일마다 갈았다. 게을리할 수 없었다. 죽음과 직결된 문제였다.

악취 나는 물, 망설여지는 한 모금

가장 힘들었던 순간, 악취 나는 물이 공급됐을 때였다. 썩은 냄새는 필터도 막지 못했다. 물을 끓이면서도 망설여졌다. 뜨거운 김을 들이마시며 생각했다. '이걸 마셔도 될까.'

그런데 마셨다. 살아야 했으니까. 지금 돌아보면 참 열악했다. 그런데 그땐 그게 정상이었다. '원래 그런가 보다' 하고 살았다.

세월이 흘러 지금 나는 묻는다. 왜 이 나라는 늘 물이 부족했을까?

카라치, 물이 부족한 도시

1980년대 후반, 카라치는 언제나 목말라했다. 파키스탄 최대 도시, 경제의 중심지. 그 이름이 무색했다. 기본적인 물조차 안정적이지 않았다. 수도는 하루 종일 나오지 않았다. 정해진 시간에만 흘렀다. 여름이면 며칠씩 완전히 멈췄다. 외국인 전용 주택도 예외가 아니었다. 서민들은 오죽했을까?

물은 늘 부족했다. 삶은 늘 불안했다.

물의 불평등과 왜곡된 물 사용 문화

그런데 같은 도시, 전혀 다른 풍경이 있었다. 부자 동네 단독 주택. 더 큰 지하 저장고가 묻혀 있었다. 상수도 들어올 때 강력한 펌프로 퍼 올렸다. 몇 주씩 거뜬했다.

수도가 끊겨도 개의치 않았다. 잔디는 언제나 푸르렀다. 스프링클러는 뜨거운 태양 아래서도 멈추지 않았다. 스프링클러는 하늘을 향해 물을 뿜었다. 그 물이 서민들의 가정에 닿았다면 얼마나 많은 아이들이 목마르지 않았을까? 생각하면 지금도 화가 난다. 아니, 화가 난다기보다는 슬프다.

물값의 두 얼굴

요금 제도도 두 얼굴이었다. 계량기는 거의 없었다. 요금은 형식적으로만 존재했다. 물을 많이 쓰는 사람일수록 부담은 적었다. 정작 물이 절실한 서민들은 트럭에서 비싼 값을 치렀다. 형편없는 물을 비싸게 샀다. 정부도 당국도 알고 있었다. 그런데 바뀌지 않았다. 서민들의 물 문제는 늘 뒷전이었다.

나는 그때 깨달았다. 물은 자원이 아니었다. 불평등을 비추는 거울이었다.

그날의 기억이 내게 남긴 것

첫 해외 근무지에서 배웠다, 물 한 방울의 소중함을.

정원사가 펌프를 돌리던 아침. 물 부족으로 안절부절못하던 밤. 물 앞에서 갈리던 사람들의 운명. 그 경험이 나를 바꿨다.

한국에 돌아와서도 나는 물을 아꼈다. 샤워할 때도, 설거지할 때도 문득 카라치가 떠올랐다. 뜨거운 햇살 아래 물을 기다리던 사람들의 눈빛이 떠올랐다.

그리고 지금도 시간이 흘러도 잊히지 않는 두 가지. 하나, 텅 빈 양동이를 든 사람들의 눈빛. 물이 흐르기만을 기다리던 그 눈빛. 둘, 부자 동네 잔디 위의 스프링클러. 멈추지 않고 돌아가던 그 소리. 그 스프링클러 소리는 아직도 내 기억 속에서 흐른다. 조용하지만 분명하게.

그 소리를 들을 때마다 나는 생각한다. 물은 모든 생명에게 공평해야 하는데, 어째서 누군가에겐 당연한 것이고, 누군가에겐 하루를 견디는 과제일까?

1986년, 파키스탄 카라치. 첫 해외 근무는 내게 많은 걸 가르쳤다. 가장 값진 교훈은 이것이었다. '가장 기본적인 것이 가장 소중하다.' 그리고 그 기본적인 것조차 누군가에겐 사치일 수 있다. 그 현실을 목격한 일이 내 인생의 시선을 바꿨다.

오늘도 나는 물을 마신다. 한 모금 마실 때마다 그 도시를 생각한다. 그 사람들을 생각한다. 그리고 다짐한다. 소중함을 잊지 말자. 불평등을 외면하지 말자.

카라치의 물은 내게 가르쳤다. 세상은 공평하지 않지만 그래도 우리는 기억해야 한다고. 그 기억이 세상을 바꾼다고.

이웃집 할머니와 반려견

목요일의 설렘

나는 강아지를 좋아했다. 파키스탄에 도착한 후 가장 먼저 든 생각은 이것이다. '여기서도 강아지를 키울 수 있을까?'

파키스탄의 금요일은 쉬는 날이다. 목요일 아침이면 신문 광고지가 두꺼워졌다. 마치 한국의 벼룩시장 같았다. 중고 물건부터 애완동물까지 빼곡했다. 나는 제일 먼저 애완동물 코너를 샅샅이 훑었다.

"와, 이번 주에는 강아지가 꽤 나왔네."

혼잣말이 새어 나왔다.

커피 한 잔과 함께하는 목요일 아침. 운명의 강아지를 기다리는 시간. 그것만으로도 나는 행복했다.

우리 집은 단독 주택이었다. 앞마당에는 넓은 잔디밭이 펼쳐져 있었다. 뜨거운 파키스탄 햇살 아래서도 푸르렀다. 매일 아침 나는 상상했다. '여기서 강아지가 뛰어놀면 정말 좋겠다.'

그리고 드디어, 어느 목요일. 광고지 구석에서 나를 빤히 쳐다보는 눈망울. 어미는 셰퍼드 종류라는 설명. 나는 망설임 없이 전화를 걸었다.

그날 오후, 우리 집에 작은 생명이 찾아왔다. 그렇게 첫 만남을 가졌다. 우리 집에 온 강아지는 울어 댔다. 어미와 떨어져서인지 끙끙거렸다.

백발의 이웃

시간이 지났다. 강아지는 제법 자랐다. 우리는 녀석의 집을 앞마당으로 옮겼다. 그 무렵, 앞집 할머니가 찾아왔다. 백발에 피부가 하얀 스위스 출신 할머니.

"왜 강아지가 저렇게 깽깽거려요?"

"뭘 먹이고 있나요?"

"우유는 왜 안 주죠?"

질문이 쏟아졌다.

"별걸 다 간섭하시네."라는 말이 목구멍까지 차올랐다. 하지만 꾹 참았다. '이분은 정말 강아지를 사랑하는 분이구나.' 그래도 한편으로 이상했다. 우리도 마음껏 먹기 힘든 우유를 강아지에게 주라니.

두 번째 실망

그 무렵 나는 또 실망하고 있었다. 순종 셰퍼드라고 비싸게 샀던 강아지는 점점 자랄수록 어딘가 달랐다. 아무리 봐도 잡종처럼 변해 갔다.

어느 날, 할머니가 다시 찾아왔다.

"왜 목줄을 해 놨어요? 강아지가 얼마나 불편하겠어요."

이번에는 잔소리처럼 들렸다. 강아지에 대한 집착이 유난히 많았다. 게다가 잔디밭은 녀석이 파헤쳐 훼손됐다. '그렇게 불쌍하면 당신이 데려가서 키우세요!' 말이 입 밖으로 튀어나오기 직전이었다.

하지만 결국 삼켰다. 그날도 할머니는 그렇게 돌아갔다.

그날, 강아지가 사라지다

몇 달쯤 지났을까? 경비원이 다급하게 말했다.

"앞집 할머니가… 개를 끌고 갔습니다."

순간 머리가 멍해졌다. 사실 그때 아내는 강아지를 싫어하고 있었다. 덩치가 커진 녀석이 밥 줄 때마다 덤볐기 때문이다. 여러 상황이 겹쳐 마음이 복잡했다. 그래도 정이 든 강아지였다. 서운함이 컸다.

'그래…. 그렇게 좋아하셨으니 잘 키워 주시겠지.' 스스로를 달래며 마음을 접었다.

6개월 만의 기적

그리고 다시 6개월. 어느 날, 거실 유리창 너머로 커다란 그림자가 비쳤다. 가슴이 철렁 내려앉았다. 이 짐승은… 꼬리를 흔들고 있었다. 문을 여는 순간, 믿기지 않았다. 6개월 전 우리 집을 떠났던, 바로 그 강아지였다. 마치 오랜 세월을 떠돌다 돌아온 아이처럼 녀석은 방방 뛰며 우리에게 달려들었다. 우리 가족 모두 소리를 질렀다. 녀석을 끌어안고 쓰다듬었다.

그날 이후로 그날의 재회는 말로 다 할 수 없었다. 우리는 이전보다 더 많은 사랑을 줬다. 더 즐겁고 행복한 시간을 함께 보냈다.

잊지 못할 추억

강아지는 결국 돌아왔다. 스위스 할머니의 보살핌을 벗어나 자기가 사랑받았던 집을 기억하고. 그 사실 하나만으로도 나는 그날을 평생 잊지 못한다.

스테인리스 명함을 가진 왕자

첫인상 그리고 스테인리스 명함

1988년, 파키스탄 카라치. 서른을 갓 넘긴 나는 그곳에서 무역관 근무를 하고 있었다. 그날도 여느 때처럼 더운 오후였다. 사무실 문이 열리더니 한 젊은 청년이 들어왔다. 키가 크고 눈빛이 당당했다. 나이는 스물여덟쯤 되어 보였다.

"한국 기업과 함께 사업을 하고 싶습니다."

그는 차분한 영어로 말했다.

나는 습관처럼 명함을 내밀었다. 그러자 그도 자신의 명함을 꺼내 건넸다. 그 순간, 나는 잠시 말을 잊었다. 명함이 종이가 아니었다. 손바닥 위에서 은빛이 번쩍였다. 얇은 스테인리스 철판에 이름이 또렷하게 새겨져 있었다.

그 무게감이 지금도 손끝에 남아 있는 것 같다. 나는 평생 그런 명함을 처음 보았다. 그는 파키스탄 남서부 발루치스탄주 이야기를 꺼냈다.

"그곳에는 실리카가 산처럼 있습니다."

실리카. 유리의 원료면서 동시에 첨단 산업의 기초가 되는 광물이었다. 당시 산업화를 한창 추진하던 한국에게는 꽤 흥미로운 이야기였다.

"한국 기업과 함께 개발하고 싶습니다."

나는 그의 설명을 듣고 곧바로 한국 본사에 보고서를 보냈다. 그때까지만 해도 나는 그가 평범한 사업가라고 생각했다. 하지만 그의 분위기가 어딘가 달랐다. 나는 오래 근무한 현지 직원을 불러 그의 명함을 보여 주었다.

직원은 명함을 보는 순간 눈이 커졌다.

"이분… 발루치스탄 왕족입니다."

나는 순간 말을 잃었다.

"왕족이라고요?"

직원은 고개를 끄덕였다.

"예전에 그 지역을 통치하던 왕가입니다."

스테인리스 명함의 주인공이 고작 스물여덟 살의 왕자라니. 그 이야기는 예상치 못한 방향으로 흘러가기 시작했다.

며칠 뒤, 초대장이 도착했다. 그의 생일 파티였다. 직원이 슬쩍 귀띔했다.

"파키스탄에서는 집에 초대하는 게 식사 초대가 아닙니다. 관계를 맺자는 뜻입니다."

나는 아내와 함께 장미꽃 한 다발을 들고 주소지를 찾아갔다. 그리고 그 집 앞에서 잠시 멈춰 서야 했다. 집이 아니었다. 궁궐이었다. 대리석으로 지어진 거대한 저택, 대문 앞에는 총을 든 경호원들이 서 있었다.

초대 시간은 오후 8시였다. 한국식 시간 개념으로 우리는 정확히 8시에 도착했다. 왕자는 반갑게 우리를 맞아 주었다. 그런데 이상했다. 손님이 아무도 없었다. 우리 부부 둘뿐이었다.

시간이 지나고 나서야 이유를 알았다. 손님들은 9시가 넘어서야 하나둘 도착하기 시작했다. 외교관 가족들, 이탈리아에서 초청된 가수 그리고 세상에서 가장 키가 크다는 남자까지.

파티가 본격적으로 시작된 것은 이미 밤이 깊은 뒤였다. 나는 그날 배고픔을 참으며 파키스탄 상류 사회의 시간 개념을 처음 배웠다.

그날 이후 우리는 종종 만났다. 사업 이야기도 했고, 한국의 산업 발전 이야기도 나누었다. 그는 외국인과 어울리기를 좋아했고, 특히 한국에 큰 관심을 보였다.

그러던 어느 날 전화가 왔다. 목소리가 평소와 달랐다.

"몸에 문제가 생겼습니다. 시간이 되면 잠깐 와 주실 수 있습니까?"

나는 곧바로 그의 집으로 갔다.

그는 침대에 누워 있었다. 몸 한쪽이 잠시 마비되었다고 했다. 회복 중이었다.

나는 방 안을 둘러보았다. 벽에는 사진들이 걸려 있었다. 영국 유학 시절의 모습, 경비행기를 조종하는 사진. 그리고 책상 위에는 주먹만 한 다이아몬드 원석이 놓여 있었다. 그러다 시선이 침대 옆 탁자에 멈췄다. 권총 한 자루가 놓여 있었다. 나는 순간 숨을 삼켰다. 그때 현지 직원의 말이 떠올랐다.

"옛 발루치스탄 왕족입니다."

파키스탄 중앙정부는 그 왕가를 공식적으로 인정하지 않았다. 그러나 발루치 사람들에게 그는 여전히 영향력 있는 존재였다. 그 권총은 무엇을 의미하는 것일까? 중앙정부의 감시일까? 아니면 분

리주의 무장세력 때문일까?

나는 그 순간 깨달았다. 나는 단순한 사업가를 만난 것이 아니었다. 역사의 복잡한 한가운데 서 있는 사람을 만나고 있었던 것이다. 결국 우리가 추진하던 사업은 이루어지지 않았다. 그러나 그 왕자와의 만남은 내 기억 속에 오래 남았다.

가끔 나는 생각한다. 그날 손에 쥐었던 스테인리스 명함의 무게를. 그것은 단순한 금속의 무게가 아니었다. 사라진 왕국의 자존심, 잊혀진 왕국의 꿈과 야망 그리고 복잡한 현실의 무게였다. 그리고 침대 옆에 놓인 권총은, 그가 살아가는 세계의 긴장된 경계를 말해 주고 있었다.

1988년, 카라치. 나는 우연히, 그러나 분명히 그 복잡한 역사의 한가운데 서 있었다.

예상치 못한 상거래의 민낯

1988년, 나는 파키스탄에 있었다. 주재원으로 일하던 시절이다. 어느 날 사무실 전화가 울렸다. 한국에서 걸려 온 국제 전화였다. 동양유지 사장이었다. 용건은 단순했다. 그러나 뜻밖이었다.

"파키스탄에서 목화씨를 수입할 수 있겠습니까?"

목화의 나라에서 받은 주문. 그 시절 파키스탄은 세계적인 목화 생산국이었다. 나라 전체가 면직물을 중심으로 움직인다고 해도 과장이 아니었다. 목화는 단순한 농산물이 아니었다. 산업이고, 생계고, 국가의 힘이었다. 요즘은 줄기까지 바이오 에너지로 쓴다지만, 그때도 이미 중요한 자원이었다.

하지만 문제는 따로 있었다. 목화를 수출하는 회사는 많았다. 그러나 목화씨만 수출하는 회사는 거의 없었다. 목화씨는 공장에서 남는 부산물에 가까웠기 때문이다.

공장을 찾아다닌 시간

결국 내가 해야 할 일은 하나였다. 공장을 찾아다니는 것. 면직물 공장들을 돌며 물었다. 목화씨를 따로 모아 수출할 수 있느냐고. 쉽지 않았다. 몇 번의 소개 끝에 한 업체를 만났다. 전문 수출 업체는 아니었다. 그러나 그들이 말했다.

"가능할 것 같습니다."

그 한마디로 거래가 시작됐다.

신용장은 열렸지만

한국에서는 곧바로 신용장이 개설됐다. 일은 순조롭게 흘러가는 듯했다. 하지만 곧 이상한 기류가 느껴졌다. 선적 기일이 다가오는데 물건이 준비되지 않았다. 업체는 이 공장, 저 공장을 돌아다니며 목화씨를 모으고 있었다. 일정은 늘 미뤄졌다. 나는 여러 번 말했다.

"첫 거래입니다. 이번에 신용만 지켜 주면 앞으로 계속 거래할 수 있습니다."

파키스탄식 상거래

그러나 나는 이미 알고 있었다. 파키스탄과 훗날 인도에서 몇 년을 지내며 그들의 상거래 방식을 조금은 이해하고 있었기 때문이다. 그들에게 신용장은 거의 이미 받은 돈과 비슷했다.

주문을 받을 때는 놀라울 만큼 빠르다. 적극적이고 친절하다. 하지만 계약이 끝나면 긴장이 풀린다. 이미 그물에 들어온 물고기라는 생각일까.

또 한 가지 특징이 있었다. 기존 고객보다 새 고객에게 더 좋은 조건을 제시한다. 그리고 거래가 시작되면 다시 느슨해진다. 현장에서 자주 보던 장면이었다.

결국 도착한 컨테이너

우리는 선적 기일을 한 번 연장해 주었다. 그리고 마침내, 첫 컨테이너가 한국으로 떠났다. 며칠 뒤, 한국에서 전화가 왔다. 목소리가 심상치 않았다.

"컨테이너 안에 불순물이 너무 많습니다."

돌, 이물질이 목화씨 사이에 섞여 있었다.

결과는 간단했다. 그 거래는 그 한 번으로 끝났다. 그 업체는 단 한 번의 실수로 앞으로 이어질 수도 있었던 수출 기회를 스스로 끊어 버렸다.

낯익은 실패

사실 이런 일은 처음이 아니었다. 훗날 이들과의 경험을 들춰 보니 인도 파키스탄의 비즈니스 스타일이 비슷했다. 국내에서 플라스틱 건축자재의 HIPS 원료가 부족한 시기가 있었다. 우리는 인도에서 이 재생 원료를 수입했다.

결과는 비슷했다. 제품 속에서 돌과 모래가 나왔다. 거래는 바로 끊겼다. 눈앞의 작은 이익이 더 큰 기회를 놓치게 만든 셈이었다.

그때 배운 한 가지 원칙. 그 일 이후 나는 하나의 원칙을 세웠다. 한 업체에 의존하지 말 것. 특히 파키스탄이나 인도에서 원자재를 수입할 때는 더더욱 그렇다.

항상 대체 공급처를 준비해야 한다. 가격도 비교하고, 품질도 확인하고, 선적 일정도 끝까지 점검해야 한다. 신용장은 거래의 시작일 뿐이다. 신뢰의 보증서는 아니다. 신뢰는 오직 반복된 성실함 속에서만 만들어진다.

목화 따는 파키스탄 여인들

지금도 가끔 그때를 떠올린다. 1988년, 파키스탄의 뜨거운 공기. 그리고 그곳에서 배운 교훈 하나. 국제무역은 숫자의 싸움이 아니다. 결국은 사람과 태도의 문제다.

사막에서 만난 오래된 문명

'파키스탄' 하면 사람들은 보통 사막과 불안을 떠올린다. 뉴스도 늘 그런 이야기만 전한다. 하지만 내가 만난 파키스탄은 달랐다. 그곳은 인더스 문명이 숨 쉬는 땅이었다. 카라치의 소음만 벗어나면 세상은 갑자기 달라졌다. 발길 닿는 곳마다 유적이었다. 수천 년의 시간이 땅속에서 조용히 숨 쉬고 있었다. 마치 대지가 기억을 품고 있는 듯했다.

골동품과의 운명적 만남

낡은 것들의 아름다움. 그곳에서 나는 골동품을 좋아하게 됐다. 처음부터 그런 건 아니었다.

어느 날 문득 깨달았다. 지금 우리가 쓰는 화려한 사기그릇도 어딘가에서 시작됐을 거라는 사실을. 투박한 토기가 먼저 있었을 것이다. 거친 나막신이 먼저 있었을 것이다. 그래야 지금의 아름다운 것들이 태어났을 테니까.

그때부터였다. 깨진 토기 조각이 내 눈에는 달리 보이기 시작했다. 낡고 볼품없는 그릇 하나에도 수천 년의 시간이 담겨 있었다.

골동품의 가치는 희귀함이 아니었다. 그 안에 들어 있는 사람들의 삶이었다.

땅이 들려주는 이야기

카라치 근처의 유적지를 돌아다니던 어느 날이었다. 땅 위에 깨진 옹기 조각들이 굴러다니고 있었다. 어떤 것은 흙 속에 반쯤 묻혀 있었다. 나는 그 조각들을 오래 바라봤다. 그것들은 마치 말하고 있는 것 같았다. 우리는 여기 있었다. 우리는 이렇게 살았다.

그 조용한 목소리가 내 마음을 흔들었다.

결국 떠난 여행

관심은 곧 욕심이 되었다. 아직 세상에 잘 알려지지 않은 유적지. 그곳을 직접 보고 싶었다.

현지에서 알게 된 파키스탄 친구와 여행을 계획했다. 목적지는 파키스탄 중서부의 오지였다. 지도를 한참 들여다봐야 겨우 찾을 수 있는 곳이었다. 주변 사람들은 모두 말렸다.

"위험합니다."

"강도도 많아요."

"갈 이유가 없습니다."

같이 가기로 했던 총영사관 직원도 부인의 만류로 출발 전날 포기했다. 하지만 호기심은 늘 두려움보다 강했다. 우리는 도시락을 챙겼다. 1박 2일의 짧은 여행이었다.

출발 전, 카라치에 사는 한 유지가 편지 한 장을 써 주었다.

그 종이 한 장이 우리 목숨을 살릴 줄은, 그때는 몰랐다.

적막의 사막, 생명체 하나 없는 길

카라치를 벗어나자, 풍경이 갑자기 바뀌었다. 식물 하나 없는 사막. 끝없이 펼쳐진 황토빛 땅. 도로는 있었지만 구덩이가 곳곳에 파여 있었다. 그래서 운전은 긴장의 연속이었다. 여섯 시간을 달렸다. 가게 하나 없었다. 생수 한 병 살 곳도 없었다. 기온은 45도를 넘었다.

방글라데시 출신 운전 기사는 계속 땀을 닦았다.

그는 말했다.

"이런 길은 처음입니다."

사막에서의 사고

사막 길 운전은 도심에서의 운전과 달랐다. 도로 중앙에 군데 군데 웅덩이가 파여 있었다. 방심하면 끝이다. 멀리 보며 운전해야 한다. 하지만 그날은 운이 없었다. 차가 갑자기 구덩이에 빠졌고, 옆으로 미끄러졌다. 그리고 '쿵'. 타이어에서 공기 빠지는 소리가 났

파키스탄 남서부 발루치스탄 고속도로

다. 사막의 정적을 찢는 소리였다. 다행히 다친 사람은 없었다.

우리는 스페어 타이어로 교체했다. 그리고 다시 출발했다. 하지만 마음은 점점 불안해졌다. 또 펑크가 나면 우리는 이 사막에 갇히게 된다.

총구 앞에서, 편지 한 장의 기적

산악지대에 들어설 무렵이었다. 갑자기 사람들이 나타났다. 총을 들고 있었다. 차량을 포위했다. 총구가 우리를 향했다. 심장이 얼어붙는 느낌이었다. 이곳은 경찰이 없는 지역이었다. 사람들은 스스로 가족과 재산을 지켜야 했다.

친구가 차에서 내렸다. 그리고 편지 한 장을 내밀었다. 마을 유지가 써 준 편지였다. 그들이 이름을 확인하는 순간, 분위기가 바뀌었다. 총이 내려갔다. 그리고 뜻밖의 환대가 시작됐다.

소금밥 한 그릇의 감동

잠시 후, 식사가 나왔다. 흰 쌀밥 한 그릇. 그게 전부였다. 반찬은 없었다. 대신 분홍빛 소금을 밥 위에 뿌렸다. 우리는 말없이 허겁지겁 먹었다. 물도 내어 주었다. 개울에서 길어 온 황토빛 물이었다. 하지만 그 순간, 그 물은 생명 같았다.

시간이 멈춘 유적지에서

시간이 멈춘 유적지는 마을에서 1킬로미터 떨어진 언덕 위에 있었다. 차로 갈 수 없었다. 걸어야 했다. 태양은 머리 위에서 타오르고 있었다. 체감 온도는 거의 50도였다. 그래도 우리는 걸었다. 한

걸음 또 한 걸음. 마침내, 언덕 위에 도착했다.

그곳에는 수천 년의 시간이 묻혀 있었다. 토기, 생활용품, 깨진 그릇들. 프랑스 발굴팀이 작업 중이었다. 하지만 지금은 한낮의 더위 때문에 쉬고 있었다.

유적지는 고요했다. 시간이 멈춘 것 같았다. 나는 그 자리에서 오래 서 있었다. 수천 년 전 이 땅을 걸었던 사람들, 그들의 웃음, 그들의 슬픔. 모든 것이 이 흙 속에 남아 있는 것 같았다.

국경 너머의 풍경

우리는 북쪽으로 더 올라갔다. 아프가니스탄 국경 근처였다. 그곳 골동품 가게에는 우리가 본 유적의 물건들이 진열되어 있었다. 5천 년 된 토기. 페르시아 술병. 낡은 청동 거울. 몇 점을 기념으로 샀다.

국경 근처에서는 피난민들도 보았다. 전쟁을 피해 넘어온 사람들이었다. 그들은 말이 없었다. 하지만 눈빛에는 많은 이야기를 담고 있었다.

깨진 토기 같은 삶

여행은 짧았다. 단 하룻밤이었다. 하지만 그 시간은 내게 큰 의미가 있었다. 사막, 총을 든 사람들, 소금밥, 깨진 토기 조각. 그 모든 것이 내 기억 속에 깊이 남았다.

카라치로 돌아왔을 때 가족과 이웃들은 그때서야 안심하는 듯했다. 그 순간 나는 깨달았다. 사람의 삶도, 문명도, 모두 깨지기 쉬운 토기와 같다는 것을. 하지만 그 조각들이 모여 오늘을 만들고 또 내일로 이어진다. 그 연결 속에서 우리는 함께 살아간다.

파키스탄 모헨조다로 유적지

　그 여행이 나에게 가르쳐 준 것이 있었다. 보물은 땅속에 있는 것이 아니다. 보물은 우리가 무엇을 발견하느냐에 있다. 그리고 그 발견은 언제나 우리 마음속에서 시작된다.

카라치에서 떠난 첫 유럽 여행

1988년 여름, 파키스탄 카라치. 뜨거운 바람이 모래를 몰고 다니던 도시였다. 온도계는 늘 40도를 넘나들었다. 우리는 그곳에서 주재원 생활 2년째를 보내고 있었다.

주변의 다른 주재원들은 여름이 되면 하나같이 유럽으로 떠났다. 휴가가 끝나고 돌아오면 그들의 이야기는 늘 비슷했다. 알프스의 눈 덮인 산, 베네치아의 물길, 파리의 낭만. 그 이야기를 듣고 있으면 마치 다른 세상의 풍경 같았다.

어느 날 저녁, 나는 아내에게 조심스럽게 말했다.

"우리도 한번 가 볼까?"

아내의 눈빛이 순간 반짝였다.

문제는 아이들이었다. 일곱 살 큰아들과 네 살 작은아들. 어린 두 아이를 데리고 열흘 넘게 유럽을 여행한다는 것은 쉽지 않은 일이었다. 그래도 마음이 이미 움직이고 있었다. 그렇게 우리 가족의 첫 유럽 여행이 시작되었다.

런던에서 느낀 현실

카라치 공항에서 런던으로 향하는 비행기에 올랐다. 아이들은 창밖에서 눈을 떼지 못했다. 구름 위를 나는 풍경이 마냥 신기했던 것이다.

나는 속으로 계산을 하고 있었다. 이 여행이 과연 무사히 끝날 수 있을까?

런던 공항에 도착하자마자 현실이 눈앞에 나타났다. 물가가 상상을 뛰어넘었다. 카라치와 런던을 오가는 항공료와 숙박비만으로 4천 달러가 훌쩍 넘었다. 전체 여행 경비의 절반 가까이가 도착하자마자 사라져 버렸다.

그나마 다행이었던 것은 10박 11일 유럽 단체 관광 비용이 비교적 저렴했다는 점이었다.

한국인은 우리 가족뿐

런던 시내에서 우리는 '코스모스' 관광버스에 올랐다. 전 세계에서 모인 여행객들이 버스를 채우고 있었다. 호주인, 미국인, 일본인, 인도인, 스리랑카인, 미얀마인…. 그들 사이에서 한국인은 우리 가족뿐이었다.

버스 안내자는 스코틀랜드 출신의 젊은 청년이었다. 키도 크고 인상도 좋았다. 다만 그의 영어는 너무 빠르고 유창했다. 설명의 절반도 알아듣기 어려웠다.

런던에서 탑승한 코스모스 관광버스

나는 혹시 중요한 안내를 놓칠까 봐 귀를 세우고 따라다녔다. 그 열흘 동안 마치 영어 듣기 시험을 계속 보는 기분이었다. 그때만큼 '한국 가족이 한 팀만 더 있었으면…' 하고 간절히 바란 적도 없었다.

알프스로 들어가다

오스트리아의 계곡을 지나 스위스로 들어서던 순간이었다. 버스 안이 갑자기 조용해졌다. 창밖 풍경 때문이었다. 연둣빛 초원이 끝없이 펼쳐져 있었다. 빨간 지붕의 집들이 그 위에 점점이 흩어져 있었다. 멀리 알프스산맥이 부드러운 능선을 그리고 있었다. 그 정상에는 여름인데도 눈이 남아 있었다. 햇빛을 받아 반짝였다.

그때 큰아들이 외쳤다.

"아빠, 저기 눈이 있어요!"

사막에서 지내던 아이들에게 눈은 거의 기적 같은 풍경이었다.

눈밭에서의 한때

알프스 정상에 도착했을 때 우리는 곧장 눈밭으로 뛰어들었다. 카라치의 먼지와 열기 속에서 살던 우리 가족에게 그곳은 전혀 다른 세상이었다.

작은아이가 눈을 한 움큼 쥐더니 형에게 던졌다. 곧바로 눈싸움이 시작됐다. 아이들의 웃음소리가 산 위로 퍼졌다. 그 순간 나는 생각했다. '아, 오길 잘했다.' 차가운 알프스 바람이 그동안의 피로를 모두 씻어 주는 듯했다.

베네치아, 물 위의 도시

이탈리아 북부의 베네치아에 도착했을 때 또 한 번 놀랐다. 수상 버스를 타고 도시로 들어가는 순간이었다. 도로 대신 물길이 펼쳐졌다. 건물 사이를 곤돌라가 미끄러지듯 지나갔다. 물 위에 비친 햇빛이 반짝였다. 모든 것이 영화 속 장면 같았다.

나는 캠코더를 꺼내 들었다. 좁은 골목 사이의 물길, 다리 위에서 포옹하는 연인들, 창가에서 커피를 마시는 노인들. 모든 장면이 특별해 보였다.

문제는 그때 생겼다. 정신 없이 촬영하다 보니 어느 순간 주변이 조용해졌다. 단체 일행이 사라진 것이다.

베네치아에서 길을 잃다

우리 가족만 남아 있었다. 휴대 전화도 없던 시절이었다. 외국인들로 가득한 도시에서 일행을 놓쳤다는 사실이 갑자기 현실로 다가왔다. 가슴이 철렁 내려앉았다. 아내의 얼굴이 하얗게 질렸다.

아이들은 내 바지를 붙잡고 있었다.

그때, 멀리서 낯익은 얼굴들이 보였다. 버스에서 함께 왔던 호주인 여행객들이었다. 그들을 보는 순간 안도의 숨이 터져 나왔다. 알고 보니 그 시간은 자유시간이었다. 오후 3시에 산마르코 광장 종탑 앞에서 다시 모이기로 되어 있었다. 우리는 괜히 놀란 가슴을 쓸어내렸다.

곤돌라 위의 노래

베네치아에 왔으니 곤돌라는 꼭 타야 했다.

우리 가족과 미얀마 가족이 함께 배에 올랐다. 곤돌라는 좁은 물길을 따라 천천히 움직였다. 그때, 사공이 아코디언을 꺼냈다. 그리고 〈산타루치아〉를 연주하기 시작했다. 음악이 물 위로 흘러갔다. 작은아이는 리듬에 맞춰 몸을 흔들었다. 큰아이는 엄마에게 기대어 눈을 반짝였다. 우리는 서로를 바라보며 웃었다.

베네치아 수로길 곤돌라

그 순간만큼은 우리가 베네치아의 일부가 된 것 같았다. 지금도 〈산타루치아〉를 들으면 그 장면이 선명하게 떠오른다.

기울어진 탑

피사의 사탑도 인상 깊었다. 사진으로만 보던 탑이 실제로 눈앞에 서 있었다. 정말로 비스듬히 기울어져 있었다. '수백 년 동안 이렇게 서 있었단 말인가?' 아이들은 탑을 밀어 올리는 흉내를 내며 사진을 찍었다. 깔깔 웃음이 터졌다.

나는 그 탑을 한참 바라보았다. 기울어졌지만 무너지지 않는 모습이 어쩐지 우리 가족의 주재원 생활과 닮아 있는 것 같았다.

로마의 시간

로마에 들어섰을 때의 느낌은 또 달랐다. 도시는 살아 움직이고 있었지만 그 위에 쌓인 시간의 두께가 느껴졌다.

콜로세움 앞에 서자 잠시 말이 없어졌다. 수천 년 동안 이곳에서 수많은 사람들이 환호하고 울부짖었을 것이다. 돌들이 조용히 이야기를 들려주는 것 같았다.

아이들은 그저 말했다.

"와, 엄청 크다."

그 단순한 감탄이 오히려 더 순수하게 느껴졌다.

여행의 끝에서

지중해의 푸른 바다도 보았다. 베르사유 궁전의 웅장함도 보았다. 마지막 날, 파리의 에펠탑 앞에서 단체 사진도 찍었다.

당시 함께 여행했던 관광객과의 단체 사진

열흘 동안 아이들은 버스에서 자주 잠이 들었다. 아내는 아이들을 돌보느라 풍경을 제대로 보지 못한 순간도 많았다. 그래도 그 여행은 단순한 관광이 아니었다. 우리 가족이 함께 만든 한 장의 인생 장면이었다.

시간이 흐른 뒤

세월은 빠르게 흘렀다. 일곱 살이던 큰아들은 지금 40대 가장이 되었고, 의사가 되었다. 네 살이던 작은아들은 해외에서 일하는 직장인이 되었다.

가끔 가족이 모이면 우리는 오래된 캠코더 영상을 꺼내 본다. 화질은 흐릿하다. 하지만 웃음소리는 여전히 선명하다.

몇 년 전, 큰아들이 전화를 했다.

"아빠, 우리도 유럽 여행 가려고요. 아빠가 데려갔던 그곳으로요."

나는 잠시 웃었다.

"그래, 잘 다녀와라."

전화를 끊고 나니 나는 다시 1988년 여름 속에 있었다. 알프스의 눈밭, 베네치아의 곤돌라, 아이들의 웃음소리. 그 모든 순간에 우리 가족이 함께 있었다. 그것으로 충분했다.

지금도 가끔 꿈을 꾼다. 눈부신 알프스의 풍경과 물결 위를 흐르던 산타루치아의 선율 그리고 그 모든 시간을 함께했던 우리 가족의 얼굴을.

신부를 데리러 간 아버지 과욕

40여 년 전의 일이지만, 아직도 사우디에서 근무하면서 겪은 직장 선배의 목소리가 생생하다. 그가 현지에서 들려준 실화는 소설보다 더 기묘했다.

이슬람 국가의 이야기이기에 파키스탄 편에 옮겼다.

그날의 여정

사우디 시골의 한적한 마을. 흙먼지가 앉은 길목에서 한 아버지가 낙타에 물통과 돈자루를 싣고 떠났다. 나이 서른이 넘도록 장가를 못 간 외아들을 위해, 그는 며느릿감을 찾아 먼 길을 떠나는 중이었다.

이슬람 국가에서는 혼인 지참금(마흐르)이 관례다. 딸을 키워 준 신부 부모에 대한 감사의 표시이자, 새로운 가정을 시작하는 데 필요한 기반을 마련해 주는 뜻깊은 전통이다.

아들은 아버지가 떠난 후 집 앞 모래 언덕에 앉아 하늘을 바라보며 상상했다. '과연 어떤 신부일까? 검은 눈을 가졌을까? 웃을 때 오른쪽 볼에 보조개가 생길까?' 그는 하루 종일 그렇게 달콤한 미래를 꿈꾸며 시간을 보냈다.

돌아오지 않는 귀로

하지만 날짜가 지나도 아버지는 돌아오지 않았다. 예정된 결혼식 날짜도 훌쩍 넘겼다. 마을 사람들은 수군거리기 시작했다.

"분명 길에서 도적을 만났을 거야. 아니면 낙타가 다리를 다쳤거나."

아들은 초조함에 잠을 이루지 못했다. 사막의 차가운 밤, 그는 별을 보며 기도했다. 그냥 무사히 돌아오기만을….

일주일 후의 귀환

결국 일주일이 지난 어느 날, 아버지가 돌아왔다. 하지만 그의 모습은 예상과 달랐다. 피곤한 낙타 위에는 두 사람이 타고 있었다. 아버지와… 너무나 아름다운 젊은 여인.

마을 사람들이 모여들었다. 아들은 당황스러운 미소를 지으며 아버지를 맞이했다.

"아버지, 무사하셨군요. 그리고 이분은…."

아버지는 낙타에서 내리며 당당하게 말했다.

"아들아, 미안하지만 이분은 이제 네 새어머니시다."

뒤늦게 밝혀진 진실

사건은 이랬다. 아버지는 신붓집에 도착해 지참금을 건네고 신부의 얼굴을 처음 봤다. 그 순간 그는 충격에 빠졌다. 너무나 아름다운 여인이 아닌가! 순간, 그의 마음에 욕망이 스쳤다. '이렇게 아름다운 여인을… 아들에게 넘겨주기엔 너무 아깝다.'

돌아오는 길에 신부에게 제안했다.

"당신이 내 아내가 되어 주지 않겠소?"

놀랍게도 여인은 수락했다. 그래서 아버지는 그대로 근처 마을로 '신혼여행'을 떠난 것이다.

이슬람의 관점에서

이슬람에서는 한 남자가 최대 네 명의 아내를 둘 수 있다. 이는 당시 사회적·경제적 맥락에서 가난한 여성과 과부를 보호하기 위한 제도적 장치로 시작되었다. 하지만 이 경우, 분명 그 정신을 왜곡한 셈이었다.

여파

이 기이한 사건은 현지 신문에 대서특필되었다.

'아들을 위한 신부를 구하러 갔다가, 신부와 결혼한 아버지'라는 기사가 1면을 도배했다.

선배는 마지막을 이렇게 말했다.

"이 이야기가 크게 보도된 것 자체가 흥미롭지 않아? 사우디 사회도 변화하고 있다는 증거일 거야. 과거였다면 지역 내부에서 quietly 처리 되었을 일인데, 이제는 언론에 오르내릴 만큼 사회적 논의가 시작되고 있다는 의미야."

아들은 어떻게 되었을까? 그는 몇 달 후 다른 마을의 여성과 결혼했다고 한다. 하지만 마을 사람들은 여전히 그 아버지와 '젊은 새 어머니'가 손을 잡고 사막을 걷는 모습을 볼 때마다 고개를 저으며 중얼거린다고 했다.

"욕망 앞에서는 때론 이성도, 부성도 무너지곤 하는 법이지."

사막의 모래처럼 표면 아래에는 우리가 알지 못하는 이야기들이 수없이 쌓여 있다. 그중 하나가 이렇게 40년이 지난 오늘날까지, 먼 나라의 직장 선배 이야기로 전해져 오고 있는 것이다.

제4부

나이지리아,
위험과 기회가 공존하는 땅

기회와 위험의 땅, 나이지리아로 가다

나이지리아라는 이름을 들으면 사람들은 보통 두 가지 표정을 짓는다. 한쪽에서는 이렇게 말한다.

"아프리카 최대의 산유국입니다. 인구가 2억이 넘습니다. 엄청난 시장이지요."

다른 쪽에서는 고개를 젓는다.

"사기가 많습니다. 치안도 위험합니다."

기회와 위험

이 두 단어가 늘 함께 따라다니는 나라. 그곳이 바로 나이지리아였다.

1995년, 나는 캐나다 밴쿠버에서 근무하던 중 뜻밖에 무역관장으로의 승진 발령을 받았다. 새로운 근무지는 아프리카 최대의 상업도시, 나이지리아 라고스였다.

솔직히 말하면 두려움이 전혀 없었던 것은 아니다. 하지만 마음속에서는 다른 생각이 고개를 들었다. '지금이 아니면 이런 곳에 언제 가 보겠는가.' 아프리카라는 단어가 주는 낯섦과 부담감이 없었던 것은 아니다.

인생에는 가끔 그런 순간이 있다. 위험과 기회가 동시에 문을 두

드리는 순간. 나는 결국 그 문을 열기로 했다.

그렇게 나의 나이지리아 이야기가 시작되었다.

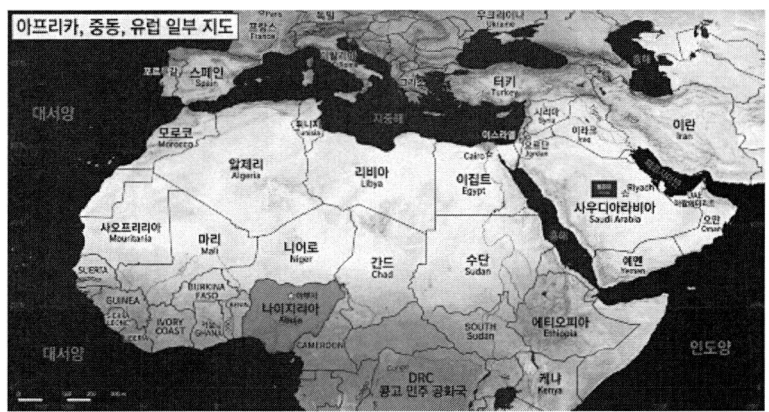

아프리카 나이지리아 위치도

처음 마주한 도시, 라고스

생존의 리듬으로 움직이는 도시

비행기가 무르탈라 모하게드 국제공항 활주로에 내려앉았을 때, 나는 창밖으로 펼쳐진 라고스를 한동안 말없이 바라보았다. 비행기 문이 열리자, 뜨거운 공기가 밀려 들어왔다.

"아… 덥다."

캐나다의 시원한 공기에 익숙해져 있던 몸이 순간적으로 아프리카의 열기를 맞았다.

공항을 나서는 순간 나는 직감했다. 이곳은 내가 알던 세상과 다르다. 라고스는 질서 정연한 도시가 아니었다. 이곳은 생존의 에너지로 움직이는 도시였다. 도로 위에는 자동차와 버스, 오토바이가 뒤엉켜 있었다. 차선은 사실상 의미가 없어 보였다. 경적 소리는 끊임없이 울렸다. '빵! 빵! 빠아앙!' 처음에는 귀가 아플 정도였다. 하지만 이상하게도 몇 시간 지나자, 그 소리가 도시의 리듬처럼 들리기 시작했다.

차창 밖을 바라보았다. 거리는 사람들로 가득했다. 정장을 입은 회사원, 노점에서 물건을 파는 상인, 머리에 짐을 이고 걷는 여성들. 그리고 자동차 사이를 뛰어다니며 물건을 파는 아이들까지. 라고스에서는 모두가 무언가를 하고 있었다. 멈춰 있는 사람은 거의 보이지 않았다.

도시는 극단적으로 나뉘어 있었다. 빅토리아 아일랜드와 이코이 지역에는 외국 기업의 사무실과 고층 빌딩이 서 있었다. 거리에는 고급 승용차가 지나갔다. 그러나 조금만 벗어나면 전혀 다른 세계가 나타났다. 비좁은 판잣집. 끝없이 이어지는 시장. 마치 두 개의 도시가 한 공간에 겹쳐 있는 것 같았다.

나는 그날 저녁 숙소 창가에 서서 라고스의 밤을 바라보았다. 멀리서 경적 소리가 들려왔다. 어딘가에서 음악이 흘러나왔다. 도시는 밤에도 쉬지 않았다.

그때 나는 문득 이런 생각이 들었다. '이 도시는 쉽지 않겠구나.'

하지만 동시에 이런 느낌도 들었다. '그래서 더 흥미로운 곳이다.'

나는 아직 몰랐다. 이 도시가 앞으로 내 인생에서 가장 강렬한 이야기를 만들어 줄 곳이 될 것이라는 사실을.

라고스 도심가

낯선 땅에 홀로 서다

라고스 무역관에서의 작은 전쟁

내 나이 마흔. 첫 무역관장으로의 발령이었다. 기쁨은 오래가지 않았다. 곧 나는 나이지리아 라고스로 향하고 있었다. 라고스무역관은 생각보다 작았다. 현지 직원 열 명. 그리고 한국인 직원은 나 하나뿐이었다.

우리나라와 나이지리아의 교역 규모도 크지 않았다. 다른 나라 무역관에 비하면 초라한 편이었다. 마치 작은 전초기지 같았다. 전임 관장은 "무난했다"는 평가를 남겼다. 갈등을 피하고, 적당히 타협하며 지냈다는 뜻이었다. 어쩌면 그것이 이 낯선 땅에서 살아남는 방법이었는지도 모른다. 하지만 내 생각은 달랐다. 이곳은 변화가 필요했다.

무역관 담벼락에는 경비원의 아내가 노점상을 하고 있었다. 형형색색 천막 아래 플라스틱 의자가 놓여 있었다. 튀김 냄새가 사무실 창문으로 들어왔다.

직원들은 병가가 잦았다.

"말라리아입니다."

"아이들이 아픕니다."

"조부상이 있습니다."

이유는 늘 충분했다. 하지만 확인하기는 어려웠다.

나는 외딴 섬에 홀로 남겨진 기분이었다. 낯선 대륙, 낯선 언어, 낯선 사람들. 그 모든 것이 나를 시험하는 듯했다.

첫 번째 대치 그리고 깨달음

어느 날 나는 경비원을 불렀다.

"이곳은 대한민국을 대표하는 공관입니다. 담벼락에서 노점상을 하는 것은 적절하지 않습니다. 정리해 주세요."

그의 얼굴이 굳었다.

"전임 관장님이 허락했습니다."

목소리는 낮았지만 단호했다.

"왜 이제 와서 안 된다는 겁니까?"

그의 눈에는 불만이 가득했다. 낯선 동양인 상관을 쉽게 받아들이지 않는 눈빛이었다. 그때 내 나이 마흔. 그는 쉰을 넘긴 듯했다. 그의 시선에는 나이에 대한 경시와 이방인에 대한 반감이 섞여 있었다.

순간 화가 치밀었다. 당장 해고하고 싶었다. 하지만 참았다. 이곳에서 나는 소수였다. 힘으로 밀어붙이면 직원들의 반발이 커질 수도 있었다.

그날 밤 나는 숙소에서 오래 생각했다.

리더는 명령하는 사람이 아니다. 사람들이 스스로 따르게 만드는 사람이다.

마음을 여는 시간

나는 방법을 바꾸었다. 직원들을 한 명씩 불렀다. 업무 이야기가 아니라 그들의 이야기를 들었다. 가족은 몇 명인지, 집은 어디인지, 생활은 어떤지. 처음에는 모두 경계하는 눈빛이었다. 하지만 나는 계속 이야기를 들었다.

며칠 뒤, 한 직원이 창백한 얼굴로 말했다.

"관장님, 몸이 좋지 않습니다."

나는 지갑에서 돈을 꺼내 그의 손에 쥐어 주었다.

"약값입니다. 병원에 꼭 가세요."

그는 놀란 표정을 지었다.

또 다른 직원은 조부상을 이유로 결근했다. 사실이 아닐 수도 있었다. 그래도 나는 조의금을 건네며 말했다.

"힘드시겠군요. 가족과 잘 보내세요."

그의 손이 떨렸다.

점심시간마다 물만 마시던 젊은 급사 직원도 있었다.

나는 그를 불렀다.

"요즘 식사는 잘합니까?"

그는 고개를 숙였다.

나는 봉투를 내밀었다.

"부인을 시켜 작은 장사를 해 보세요. 이건 빌려주는 겁니다. 형편이 나아지면 갚으세요."

그는 연신 고개를 숙였다.

내게는 큰돈이 아니었다. 하지만 그들에게는 큰돈이었다.

라고스 무역관 직원과 필자

사람의 마음

사람들은 말한다. 돈으로 사람을 움직일 수는 있어도, 마음까지 살 수는 없다고. 하지만 내가 느낀 것은 달랐다. 그들이 움직인 이유는 돈이 아니었다. 존중이었다. 그들이 어려울 때 외면하지 않았다는 사실. 그들의 자존심을 지켜 주었다는 사실. 그것이 마음을 열게 했다.

조금씩 변화가 나타났다. 지각이 줄었다. 병가도 눈에 띄게 줄었다. 보고서는 정확해졌다. 고객 응대도 달라졌다.

스스로 내린 결정

어느 날 경비원이 조용히 내 방 문을 두드렸다.

"관장님…"

그는 한참을 머뭇거렸다.

"노점상… 정리하겠습니다."

나는 아무 말 하지 않았다. 그가 스스로 결정하기를 바랐다. 그저 고개만 끄덕였다.

며칠 뒤 담벼락은 깨끗해졌다. 천막도 사라졌다.

나중에 들으니, 직원들이 그의 아내를 도와 다른 곳에 자리를 잡게 했다고 했다.

라고스의 노을

그날 저녁, 창밖으로 붉은 노을이 내려앉았다.

나는 그제야 깊은숨을 내쉬었다. 낯선 땅에서의 싸움은 결국 사람을 얻는 싸움이었다. 리더십은 권위에서 나오지 않는다. 사람의 마음을 이해하려는 용기에서 나온다.

라고스의 붉은 노을 아래에서 나는 비로소 한 가지를 깨달았다. 나는 이제 이 배의 선장이 되었다는 것을.

한밤중에 울려 퍼진 총성

나이지리아는 아프리카 최대의 석유 생산국이다. 겉으로 보면 부유한 나라처럼 보인다.

하지만 라고스의 현실은 달랐다. 이 도시는 늘 거칠었다. 총성과 사이렌이 밤낮없이 들렸다. 국제 사기 조직 이야기도 흔했다. 밤이 되면 도시 전체가 긴장했다. 낮에도 방심할 수 없었다. 이곳에서의 삶은 하루하루가 생존이었다.

우리 무역관 관옥과 관사는 한 울타리에 있다. 이 울타리 안에는 무장한 경찰 두 명이 24시간 외곽 경비를 섰다. 그래도 안심할 수는 없었다. 문밖으로 한 걸음 나가는 일도 작은 모험이었다. 이 도시에서 안전은 언제나 조건부였다.

그날 아침이었다. 공기가 어딘가 무거웠다. 평소 같으면 교대를 마친 경찰들이 웃으며 돌아갔을 시간이었다.

하지만 그날은 달랐다. 경찰들이 마당 한쪽에 모여 작은 목소리로 이야기를 나누고 있었다. 얼굴은 굳어 있었다. 웃음도 없었다. 대신 긴장과 흥분이 섞여 있었다.

나는 물었다.

"무슨 일입니까?"

경찰들은 잠시 서로를 바라봤다. 말해도 되는지 눈으로 묻는 듯했다. 잠시 후, 한 경찰이 입을 열었다.

"어젯밤에 일이 있었습니다."

사건은 한밤중에 일어났다.

라고스의 밤은 조용하지 않다. 엔진 소리, 개 짖는 소리, 갑자기 울리는 경적으로 도시는 늘 시끄럽다. 그 소음 속에서 무역관 경비 경찰이 이상한 움직임을 발견했다. 담장을 넘는 그림자였다. 무역관 바로 옆집. 그곳은 한국인 사업가 인 사장이 살던 집이었다. 경찰은 그 남자를 지켜봤다. 그는 담장을 넘고 있었다. 목적지는 분명했다. 마당에 세워진 벤츠 승용차.

라고스에서 벤츠는 단순한 자동차가 아니다. 부의 상징이다. 그리고 도둑들의 표적이기도 하다. 다음 순간, 총성이 울렸다. '탕.' 짧고 날카로운 소리였다. 어둠이 순간 갈라졌다. 그리고 담장 아래로 사람 하나가 떨어졌다. 도둑이었다. 총을 맞고 쓰러졌다. 피가 바닥으로 번졌다. 그는 몸을 웅크린 채 외쳤다.

"알라… 알라…."

비명에 가까운 목소리였다. 마지막으로 붙잡을 신의 이름을 부르는 것 같았다.

인 사장은 그 장면을 창문으로 보고 있었다. 총소리에 잠에서 깼다고 했다. 창문 밖을 보자 한 남자가 피를 흘리며 쓰러져 있었다. 그는 움직일 수 없었다. 숨도 제대로 쉬지 못했다고 했다.

경비 경찰은 즉시 도둑을 제압했다. 도둑은 피를 많이 흘리고 있었다. 곧 경찰에 인계됐다. 그가 살아남았는지는 아무도 모른다.

라고스에서는 이런 이야기의 끝이 늘 흐릿하다.

이 이야기를 듣는 동안, 나는 아무 말도 할 수 없었다. 전날 밤,

나는 바로 옆집에서 잠을 자고 있었다. 불과 몇 미터 거리였다. 담장 하나를 사이에 두고 총성이 울렸다. 피가 흐르고, 한 사람의 운명이 바뀌었다. 그 사실이 쉽게 믿기지 않았다.

하지만 아침이 되자, 라고스는 다시 움직이기 시작했다. 사람들은 출근했다. 시장은 열렸다. 자동차 경적이 거리를 채웠다. 마치 아무 일도 없었던 것처럼. 하지만 나에게는 분명했다. 이 도시는 낮보다 밤에 더 많은 이야기를 품고 있다. 그리고 그 이야기들은 언제든 담장 하나를 넘어 현실이 된다.

그날 이후, 나는 밤의 소리에 예민해졌다. 총성은 한 번이면 충분했다.

그 한 발의 소리는 내게 분명히 알려 주었다. 내가 지금 어디에 있는지 그리고 얼마나 위험한 도시 한가운데 서 있는지를.

말라리아와의 사투

라고스에서 배운 생명의 무게

1995년 여름, 나는 처음으로 아프리카 땅을 밟았다. 숨이 막힐 듯한 습기, 낯선 냄새. 공항 밖에는 형형색색의 옷을 입은 사람들이 가득했다. 모든 것이 낯설었다.

회사에서 마련해 준 숙소는 빅토리아 아일랜드의 단독 주택이었다. 창밖에는 코코넛 나무가 서 있었다. 낯선 새들이 울었다. 그리고 밤이 되면 들렸다. 모기 소리였다.

밴쿠버를 떠날 때 이웃들이 한 말을 나는 잊지 못한다.

"모기 조심해. 말라리아 걸리면 큰일이야."

나는 그 말을 수도 없이 들었다. 그래서 준비도 철저히 했다. 출국 전부터 말라리아 예방약을 먹었다. 현지에 도착하자마자 모기장을 쳤다. 모기 기피제도 준비했다. 할 수 있는 건 다 했다. 어쩌면 그 완벽한 준비가 나를 방심하게 했는지도 모른다.

홍콩 독감인 줄 알았다

그날 아침은 평범했다. 출근 준비를 하다가 갑자기 몸이 떨렸다. 처음에는 대수롭지 않게 생각했다. '에어컨을 너무 세게 틀었나.' 하지만 오한은 점점 심해졌다. 곧 열이 오르기 시작했다. 나는 스스로를 달랬다.

"괜찮아. 그냥 독감이겠지."

감기약을 먹고 출근했다. 낮에는 조금 나아지는 것 같았다.

문제는 밤이었다. 그날 밤 나는 평생 잊지 못할 고통을 겪었다. 뼈가 부서지는 듯한 통증. 온몸이 뒤틀렸다. 나는 그것을 홍콩 독감이라고 생각했다. 예전에 한국에서 유행했던 병이었다. 하지만 고통은 상상 이상이었다. 몇 시간을 그렇게 버텼다.

새벽이 되자, 이번에는 식은땀이 온몸에서 쏟아졌다. 이 일이 이틀 밤, 사흘 밤 계속됐다.

기어서 병원에 가다

사흘째 아침이었다. 더 이상 버틸 수 없었다. 침대에서 일어나려 했지만 다리가 말을 듣지 않았다. 벽을 짚고 겨우 일어났다. 거울을 보았다. 얼굴은 창백했다. 눈은 깊이 꺼져 있었다. 입술은 말라 갈라져 있었다.

운전사를 불러 병원으로 가야 했다. 하지만 현관문까지 가는 것도 쉽지 않았다. 한 걸음이 너무 무거웠다. 납덩이를 끌고 가는 기분이었다.

우선 가까운 거리에 있는, 인도계 의사가 운영하는 의원을 찾았다. 의사는 내 얼굴을 잠시 보더니, 바로 말했다.

"말라리아입니다."

나는 귀를 의심했다.

"예방약을 먹었습니다. 모기장도 쳤습니다."

의사는 고개를 저었다.

"예방약은 100%가 아닙니다. 내성이 있는 모기도 있습니다."

그리고 물었다.

"언제부터 아팠습니까?"

내가 며칠을 버텼다고 말하자, 의사는 한숨을 쉬었다.

"여기는 한국이 아닙니다."

잠시 침묵이 흐른 뒤, 그가 말했다.

"말라리아는 단순한 열병이 아닙니다. 뇌까지 갑니다. 고열로 혼수상태에 빠지면… 그냥 끝입니다. 생각보다 많은 사람들이 그렇게 갑니다."

나는 아무 말도 할 수 없었다.

만약 오늘도 참았다면, 내일도 버텼다면, 나는 지금 이 자리에 없을지도 몰랐다.

살아남은 자의 부끄러움

약을 먹고 이틀이 지나자 열이 조금씩 내려갔다.

사흘째 아침, 나는 맑은 정신으로 눈을 떴다. 커튼 사이로 햇살이 들어왔다. 그 빛이 그렇게 따뜻할 수가 없었다. 나는 깊이 숨을 들이쉬었다. 살아 있었다. 그 순간, 가슴이 벅차 올랐다. 하지만 곧 다른 감정이 찾아왔다. 부끄러움이었다.

나는 이 병을 너무 가볍게 생각했다. '조심하면 되겠지.', '설마 내가.' 그 안일함과 자만이 부끄러웠다. 모기 한 마리 앞에서 인간이 얼마나 약한 존재인지 그때 처음 실감했다.

말라리아의 또 다른 얼굴

그 후 나는 무역관 현지 직원들이 말라리아에 자주 걸리는 것을 보았다. 나는 늘 걱정했다. 하지만 그들은 오히려 담담했다. 말라리아는 너무 흔한 병이기 때문이었다.

"예전에는 약도 없었습니다."

현지 직원이 말했다.

"그때는 많은 사람이 죽었습니다. 그냥 모기 때문이죠."

나는 그 말을 잊지 못했다.

내게는 치료할 수 있는 병이었다. 하지만 누군가에게는 그냥 죽음이었다. 나에게는 병원이 있고, 약이 있었다. 그리고 치료할 시간이 있었다. 그래서 살았다. 그 차이뿐이었다.

라고스의 모기가 남긴 것

한국으로 돌아온 지금도 나는 가끔 라고스의 밤을 떠올린다.

요즘은 한국에서도 말라리아 소식이 들린다. 기후 변화 때문에 말라리아 모기가 북상하고 있다고 한다. 그 소식을 들을 때마다 나는 그때 일을 떠올린다.

말라리아는 감기가 아니다. 독감도 아니다. 진단이 늦어지면 생명을 위협한다.

라고스의 모기 한 마리는 내게 한 가지를 가르쳐 주었다. 인간의 자만이 가장 위험한 병이라는 것을. 그리고 삶은 생각보다 훨씬 섬세한 균형 위에 있다는 것을.

나는 지금도 밤에 모기 소리가 들리면 가끔 잠에서 깬다. 그리고 속으로 말한다. '이번에는 내가 지지 않는다.'

사기단과 마주한 날

1996년 라고스

요즘은 보이스피싱이 흔하다. 하지만 그 이전에도 세계를 상대로 한 거대한 사기가 있었다. 사람들은 그것을 '나이지리아 419 사기'라고 불렀다. 그리고 나는 그 시절, 바로 그 사기의 중심지인 라고스 무역관에서 근무하고 있었다.

라고스의 햇살은 늘 강했다. 뜨겁고, 끈질기고, 쉽게 식지 않았다. 그 햇살 아래에서 나는 매일 일을 했다. 수많은 무역 상담, 문의 전화, 그리고 의심스러운 이메일들을 상대했다.

당시 이메일은 아직 새로운 소통 수단이었다. 지금처럼 스팸 메일이 넘쳐 나는 시대가 아니었다. 사람들은 글을 믿었다. 편지보다 빠르고, 전화보다 정확하다고 생각했다. 그 믿음을 노리는 사람들이 있었다.

바로 사기꾼들이었다.

달콤한 미끼

내 이메일에도 그들의 편지가 자주 도착했다.

'존경하는 사업가님,

저는 사니 아바차 정권 시절 고위 공무원의 미망인입니다.

남편이 남긴 2,500만 달러가 은행에 묶여 있습니다.

당신의 계좌를 빌려주시면 10%를 드리겠습니다.'

또 다른 메일도 있었다.

'석유 계약과 관련된 1,200만 달러가 동결되었습니다.

자금을 해외로 옮길 방법이 필요합니다.

도움을 주시면 큰 보상을 드리겠습니다.'

지금 읽으면 웃음이 나오는 내용이다. 하지만 당시에는 달랐다. 편지에는 정부 도장이 찍혀 있었다. 변호사 인장도 선명했다. 손해 볼 것 없어 보이는 제안. 어쩌면 인생을 바꿀 기회처럼 보였다. 사람들은 고민했다. '혹시 진짜일까?'

한 번 답장을 보내는 순간, 사기꾼들은 미끼를 문 사람을 확인한다. 그리고 천천히 돈을 요구하기 시작한다.

처음에는 적게, "중앙은행 승인에 5천 달러가 필요합니다."

다음에는 더 크게, "변호사 비용 1만 2천 달러가 필요합니다."

그리고 마지막에는 더 과감해진다.

"세금 2만 달러를 먼저 내야 합니다."

돈을 보내기 시작하면 사람은 쉽게 멈추지 못한다. 이미 많은 돈을 썼기 때문이다. 사기꾼들은 그 심리를 정확히 알고 있었다.

더 교묘한 사기

또 다른 방식도 있었다. 이것은 더 정교했다.

'제 삼촌이 교통부 고위 관료입니다.

신도시 건설 프로젝트에 조립식 주택 5천 채가 필요합니다.

한국 기업과 협력하고 싶습니다.

직접 와서 삼촌을 만나 보시겠습니까?'

이 말을 믿고 라고스에 오는 사람들이 있었다. 하지만 다음 날이 되면 모든 것이 사라진다. 현금, 여권, 귀중품. 그리고 연락도 모두 끊긴다. 남는 것은 절당한 사업가 한 사람뿐이다.

이 모든 사기의 근거가 된 법이 있다. 나이지리아 형법 419조. 거짓말로 남의 돈을 빼앗는 범죄를 처벌하는 조항이다. 그래서 세상은 이 사기를 '419 사기'라고 부르게 되었다.

무너진 신뢰, 그 결과는 참담했다

세계 기업들은 '나이지리아'라는 이름만 들어도 거래를 피했다. 정직하게 사업하던 기업들까지 의심받았다. 정부는 단속을 강화했다. 하지만 사기는 계속 생겨났다. 실업자는 많았다. 일자리는 적었다.

어떤 사람에게 419는 생존 방법이기도 했다.

어느 날 찾아온 남자

습기가 몸을 감싸던 어느 더운 날 오후였다. 사무실 문이 열리고 한 남자가 들어왔다. 40대 중반쯤 되어 보였다. 그는 웃으며 명함을 내밀었다. 명함에는 이렇게 적혀 있었다. '나이지리아 연방 교통부 국장'.

그가 말했다.

"다음 주 한국을 방문합니다. 관련 부처 공무원을 소개해 주실 수 있습니까? 도로 인프라 협력을 논의하고 싶습니다."

나는 그를 앉게 하고 차를 권했다. 그리고 그의 모습을 조용히 살폈다.

해외 생활이 길어지면 사람을 보는 감각이 생긴다. 말투, 자세, 옷차림만 봐도 대략적인 배경이 느껴진다. 그의 구두는 지나치게 반짝였다. 오래된 구두에 막 구두약을 바른 느낌이었다. 셔츠는 목둘레가 컸다. 넥타이가 중심에서 약간 비뚤어졌다. 정부 고위 공무원이라면 보통 맞춤 셔츠를 입는다.

그리고 눈빛. 공무원에게서 흔히 보이는 차분한 자신감이 없었다. 대신 주변을 살피는 날카로운 눈빛이 있었다.

나는 조심스럽게 말했다.

"명함만으로는 신분 확인이 어렵습니다. 신분증을 보여 주시겠습니까?"

그의 미소가 잠깐 멈췄다. 그리고 말했다.

"아… 신분증을 사무실에 두고 왔습니다. 내일 다시 오겠습니다."

그의 손에는 땀이 묻어 있었다.

토요일에 발급된 신분증

다음 날, 그는 다시 나타났다. 이번에는 신분증을 가져왔다. 사진도 선명했다. 관인도 찍혀 있었다. 겉보기에는 완벽했다. 하지만 이상한 느낌은 사라지지 않았다.

나는 신분증을 살피다가 발급 날짜를 확인했다. 지난해에 발급된 신분증이었다. 그리고 책상 서랍에서 지난해 다이어리를 꺼냈다. 날짜를 확인했다. 순간 등골이 서늘해졌다. 발급 일이 토요일이었다. 나이지리아 정부 청사는 토요일에 문을 열지 않는다.

나는 천천히 고개를 들었다.

그 남자는 내가 달력을 보는 모습을 지켜보고 있었다.

그의 얼굴이 굳었다.

모든 퍼즐이 맞춰졌다.

가짜였다.

무릎을 꿇은 사기꾼

나는 아무 일 없는 듯 말했다. 그리고 인터폰을 눌렀다. 정문에 있던 경찰을 불렀다. 잠시 후, 경찰이 들어왔다.

나는 말했다.

"이 사람을 체포하십시오. 가짜 신분증입니다."

그 순간, 남자의 얼굴이 무너졌다. 그는 갑자기 무릎을 꿇었다. 그리고 울기 시작했다.

"제발… 가족이 있습니다. 아이들이 굶고 있습니다. 처음입니다. 정말 처음입니다…"

경찰이 나를 바라봤다. 어떻게 할지 묻는 눈빛이었다. 나는 잠시 생각했다. 이 사람 하나만의 문제가 아닐 수도 있었다. 조직이 있을 수도 있었다. 보복 가능성도 있었다.

나는 조용히 말했다.

"일어나시오."

그가 고개를 들었다.

"다시는 이런 짓 하지 마시오. 한 번만 더 내 앞에 나타나면, 그때는 끝입니다."

그는 몇 번이고 고개를 숙였다. 그리고 서둘러 사무실을 나갔다. 문이 닫히는 소리가 크게 울렸다.

그 시절을 돌아보며

한국에서 무역관으로 매일 전화가 왔다. 사기를 당한 사람들. 사기를 당할 뻔한 기업들. 어떤 사람은 2만 달러를 잃었다. 어떤 사람은 라고스에서 납치될 뻔했다. 나는 위험에 처한 한국 기업인 두 명을 무사히 귀국하도록 도운 적도 있다.

그때 나는 깨달았다. 내 일은 단순한 무역 지원이 아니었다. 사람을 지키는 일이었다. 계약서보다 중요한 것은 생명이다. 수출 실적보다 중요한 것은 신뢰다.

사기는 돈을 훔친다. 하지만 더 무서운 것은 신뢰를 훔친다는 사실이다.

라고스의 햇살

그날 이후에도 나는 라고스의 햇살을 잊지 못한다. 사기꾼이 떠난 뒤, 창밖으로 쏟아지던 뜨거운 태양. 그 빛 아래에서 나는 한 가지를 배웠다. 신뢰는 소중하다. 하지만 확인과 검증 위에서만 지켜질 수 있다.

지금도 누군가 묻는다.

"어떻게 하면 사기를 피할 수 있습니까?"

나는 이렇게 답한다.

"모르는 사람의 거액 제안은 기회가 아니라 함정일 수 있습니다."

그리고 한마디를 덧붙인다.

"토요일에 발급된 신분증을 의심하십시오."

하지만 사실, 그날 내가 그를 신고하지 않은 선택이 옳았는지는 아직도 모르겠다. 다만 한 가지는 기억한다. 그가 무릎을 꿇고 울던 눈빛. 그 눈빛은 오히려 내가 인간을 완전히 포기하지 않게 만들었다.

나는 그날 신뢰의 무게와 함께 용서의 무게도 배웠다.

가끔 생각한다. '그 남자는 지금 어디에서 무엇을 하고 있을까? 정말 약속을 지켰을까?'

그리고 그 태양 아래서 나는 사람을 믿는 법과 의심하는 법을 동시에 배웠다.

공포의 절정, 군중 속의 악몽

무심코 당겨 버린 소총 방아쇠

그날 오후는 유난히 평온했다. 그래서 더 또렷이 기억난다.

나는 당시 나이지리아 라고스 무역관에서 근무하고 있었다. 점심을 먹고 사무실로 돌아왔다. 책상에 걸터앉아 창밖을 바라보고 있었다. 에어컨의 차가운 바람이 천천히 방 안을 돌고 있었다. 몸이 나른했다. 그저 그런 오후였다.

그때였다. '쿵!' 문이 거칠게 열렸다. 무역관의 외곽경비를 맡은 경찰관이 사무실 안으로 들어왔다. 어깨에는 평소처럼 소총이 걸려 있었다. 하지만 그의 오른손은 자신의 어깨를 꽉 잡고 있었다.

처음에는 무언가를 들고 있는 줄 알았다. 그러나 손가락 사이로 붉은 액체가 흘러내리고 있었다. 피였다. 피가 손가락 사이로 흘러 바닥에 뚝뚝 떨어졌다. 그의 얼굴은 창백했다. 나는 자리에서 벌떡 일어났다.

"무슨 일이야? 무슨 일이야!"

내 목소리가 떨렸다.

그런데 놀랍게도 그는 매우 침착했다. 오히려 내가 더 당황할 정도였다.

그는 점심시간에 길가 포장마차에서 식사를 했다고 했다. 식사를 마치고 일어나는 순간이었다. 어깨에 메고 있던 소총의 방아쇠가 손에 걸렸다고 했다. 그리고 '탕'. 총알이 아래에서 위로 그의 어깨를 관통했다.

싸움도 아니었다. 누군가의 공격도 아니었다. 단 한 순간의 방심이었다. 피를 흘리면서도 그는 사고 경위를 차분히 설명했다. 나는 그의 말을 들으며 등골이 서늘해졌다. 총은 손에 쥐는 순간부터 이미 위험한 물건이라는 사실을 그날 뼈저리게 느꼈다.

우리는 급히 그를 차량에 태워 병원으로 보냈다. 다행히 목숨에는 지장이 없다는 연락이 나중에 왔다. 하지만 사실 나는 그를 보자마자 다른 이유로 더 큰 충격을 받았다. 몇 달 전, 우리는 이미 한 번 죽을 뻔한 경험을 함께했기 때문이었다.

군중 속의 악몽

어느 날이었다. 나는 한 업체의 초청을 받고 나이지리아 구도심으로 가고 있었다. 그곳은 외국인이 혼자 다니기에는 위험한 지역이었다.

오래된 동네였다. 흑인들이 밀집해 살고 있었다. 무슨 일이 벌어질지 예측하기 어려운 곳이었다. 그래서 외출할 때마다 경찰관을 동행시켰다.

그날도 그 경찰관이 운전석 옆에 앉아 있었다. 도로는 좁고 복잡했다. 간신히 구도심을 빠져나가려던 순간이었다. 뒤에서 따라오던 차량이 경적을 크게 울렸다. '빵! 빵!' 빨리 가라는 신호였다.

그 순간이었다. 경찰관이 갑자기 차 문을 열고 내렸다. 나는 말릴 틈도 없었다. 그는 뒤 차량으로 걸어가 운전사를 향해 고함을 질렀다. 현지어라 정확히 알 수는 없었다. 하지만 의미는 분명했다.

"외교관이 타고 있는 차에 감히 경적을 울려?"

우리 차량에는 외교관 번호판이 붙어 있었다. 나 역시 외교관 신분이었다. 하지만 이렇게까지 할 일인가 싶었다.

뒤 차량 운전자는 고개를 숙인 채 아무 말도 못 했다. 이미 충분히 위축된 모습이었다. 그런데도 경찰관의 호통은 계속됐다.

'이쯤이면 됐는데…' 나는 말리고 싶었다. 하지만 혹시 그가 나를 위해 체면을 세워 주는 것이라면? 내가 말리면 그의 자존심을 건드릴 수도 있었다. 그래서 나는 아무 말도 하지 못했다.

그때였다. 뒤 차량 조수석 문이 열렸다. 한 여성이 뛰어나왔다. 운전자의 아내였다. 그녀는 경찰관에게 달려들었다.

"경적 한 번 울렸다고 사람을 이렇게 모욕해? 우리가 무슨 잘못을 했는데!"

목소리는 날카로웠다.

순식간에 말싸움이 시작됐다. 주변 사람들이 하나 둘 모이기 시작했다. 10명, 20명, 30명. 군중은 순식간에 불어났다. 사람이 많아질수록 분위기는 거칠어졌다.

그 여성은 군중의 기세를 등에 업은 듯 더욱 흥분했다. 그리고 경찰관 바로 앞까지 다가왔다. 그 순간이었다. 그녀의 손이 경찰관의 총에 닿았다. 내 심장이 멎는 것 같았다. 나는 뒷좌석에서 몸이 완전히 굳어 버렸다. 만약 그녀가 총을 잡는다면? 군중이 경찰을 공격한다면? 그다음은 상상하기도 싫었다.

우리 운전기사의 기지

그때였다. 우리 운전기사가 조용히 차를 움직이기 시작했다. 아주 천천히. 마치 아무 일도 없는 것처럼. 그의 계산은 분명했다. 경찰관이 차에 타는 순간 바로 빠져나갈 생각이었다. 경찰관도 위험을 느꼈는지 군중 속에서 빠져나오기 시작했다.

몇 사람이 그를 붙잡으려 뒤쫓았다. 공기는 긴장으르 가득했다. 차는 이미 움직이고 있었다. 앞문은 열린 상태였다. 경찰관이 달려왔다. 그는 문을 붙잡고 몇 걸음 더 뛰었다. 그리고 몸을 차 안으로 던졌다.

"닫아! 문 닫아!"

운전기사가 외쳤다. 문이 닫히는 순간, 차는 속력을 올렸다. 우리는 순식간에 그 위험한 골목을 벗어났다. 한참을 달린 뒤에야 나는 내 손을 바라봤다. 주먹이 꽉 쥐어져 있었다. 손바닥은 식은땀으로 젖어 있었다.

생사의 경계에서 그날 이후, 나는 그 순간을 자주 떠올린다. 총한 자루. 분노한 군중. 그리고 단 한 번의 판단. 그날 우리의 운명을 가른 것은 단 몇 초의 침착함이었다.

나이지리아에서는 이런 일이 드물지 않았다. 대낮에도 강도들이 차량을 막아 세웠다. 낫과 도끼를 들고 차를 세우는 일도 있었다. 현지에서 목회 활동을 하는 최 목사는 강도를 피해 차를 돌리다 총격을 받기도 했다. 총알은 운전석 프레임에 박혀 있었다. 단 몇 센티미터만 달랐다면 그는 목숨을 잃었을 것이다.

그 땅에서의 삶은 늘 생사의 경계 위에 있었다. 피를 흘리며 사무실 문을 열고 들어오던 경찰관. 군중 속에서 총에 손이 닿았던 순간. 그리고 늘 침착했던 우리의 운전기사. 나는 지금도 그 기억을 떠올린다.

나이지리아에서 우리는 매일 죽음과 가까운 곳에서 살아가는 법을 배웠다. 그리고 그 경험은 지금도 내 삶을 지탱하는 단단한 뿌리가 되어 있다.

무역관 경비경찰

생사의 문턱에서 탈출하다

그날 하늘은 유난히 맑았다. 라고스에서는 보기 드문 날씨였다. 마음까지 느슨해지는 평온한 하루였다.

주말이었다. 대사관 두 가족과 우리 가족이 함께 외출을 했다. 목적지는 라고스 근교의 국제열대농업연구소였다. 옥수수 박사로 유명한 김순권 박사의 초청 덕분이었다.

연구소는 철조망으로 둘러싸여 있었다. 하지만 안으로 들어가자 전혀 다른 세상이 펼쳐졌다. 라고스와 달리 그곳에는 불안도, 경계도 없었다. 질서와 여유가 느껴졌다. 연구소에는 다양한 열대 작물이 시험 재배 되고 있었다. 아이들은 처음 보는 식물들을 신기하게 바라봤다.

가장 인상 깊었던 것은 호수 낚시였다. 넓은 호수에 낚싯줄을 던지면 10~20센티미터 크기의 물고기가 금세 올라왔다. 작은 붕어를 미끼로 달아 던지면, 그 미끼를 노리고 더 큰 물고기가 따라붙었다. 물속에서 그림자처럼 움직이는 모습이 신기했다.

그날만큼은 모두가 잠시 라고스를 잊고 있었다. 하지만 해는 생각보다 빨리 기울었다. 이곳에서는 해 질 무렵의 판단이 생사와 직결된다. 우리는 서둘러 돌아갈 준비를 했다. 그런데 함께 온 세 가족 중 한 가족이 다른 곳을 더 들르자고 했다.

"조금만 더 보고 가자."

결국 두 가족은 먼저 돌아갔다. 김 참사관 가족은 조금 늦게 연구소를 떠났다.

그 선택이 그날의 운명을 갈랐다.

교묘한 덫에 걸리다

마을 근처 고속도로였다. 해는 이미 지고 주변은 어둠에 잠겨 있었다. 차가 고속도로를 달리던 중 갑자기 덜컹거렸다. 타이어가 내려앉았다. 펑크였다. 운전기사는 갓길에 차를 세웠다.

그때는 몰랐다. 도로에 못과 날카로운 금속이 뿌려져 있었다는 것을.

그 위에는 짚이 덮여 있었다. 차를 멈추게 하려는 교묘한 덫이었다. 운전기사가 타이어를 교체하고 있었다. 그 순간이었다. 어둠 속에서 사람들이 튀어나왔다. 강도들이었다.

차 안에는 김 참사관 가족 세 명이 타고 있었다. 부인과 중학생 딸도 함께였다. 숨 막히는 침묵이 흘렀다. 강도들은 이미 이런 일을 여러 번 해 본 듯했다.

차를 멈추게 만든다. 운전자가 차 밖으로 나오면 덮친다. 치밀한 수법이었다.

순간의 판단과 기지

하지만 그날, 그들에게는 예상하지 못한 변수가 있었다. 김 참사관은 군 출신이었다. 상황을 파악하는 데 몇 초면 충분했다. 싸울 수 없다는 것도 알았다. 도망치기 어렵다는 것도 알았다.

그는 손에 들고 있던 현지 화폐 뭉치를 움켜쥐었다. 그리고 다음 순간 그 돈을 공중으로 힘껏 뿌렸다. 지폐가 밤공기 속으로 흩날렸다. 강도들의 시선이 순간 위로 쏠렸다. 돈은 라고스에서 가장 강력한 유혹이었다. 강도들은 본능적으로 흩어진 지폐를 주워 담기 시작했다. 그 짧은 순간의 혼란.

김 참사관이 외쳤다.

"출발!"

운전자가 곧바로 차를 몰았다. 차는 그대로 튀어나갔다. 엔진 소리는 그날 들은 가장 아름다운 소리였다. 차는 어둠을 가르며 달렸다. 뒤를 돌아볼 여유도 없었다. 얼마나 달렸는지 아무도 기억하지 못했다. 숨이 조금 가라앉은 뒤에야 모두가 살아 있다는 것을 확인했다.

딸은 말없이 창밖을 바라보고 있었다. 부인은 두 손을 모은 채 눈을 감고 있었다. 그날의 소풍은 그렇게 끝났다.

며칠 뒤, 우리는 다시 그 이야기를 꺼냈다. 모두 무사했기 때문에 가능한 일이었다. 하지만 그날 이후, 누구도 쉽게 말하지 않았다.

"조금만 더 있다 가자."

라고스에서는 해 지기 전에 돌아오는 것이 예의가 아니다. 그것은 규칙이었다.

그 화창했던 하루는 내게 분명한 교훈을 남겼다. 이 도시에서 평온은 늘 잠깐뿐이다. 위기는 가장 즐거운 순간 바로 뒤에 숨어 있다. 그리고 살아남는 방법은 힘이 아니다. 순간의 판단과 기지다.

경찰에게 잡히면 살고,
군중에게 잡히면 죽는다

산 채로 화형당한 현장을 목격하다

부임 초기에 들은 말이 있다.

"도둑은 경찰에 잡히면 살고, 군중에게 잡히면 죽는다."

나이지리아에 부임했을 때 현지교민들이 자주 하던 말이다. 나는 농담으로 받아들였다. 범죄가 많은 나라, 사람들이 하는 푸념쯤으로 여겼다. 그 말이 농담이 아니라는 걸 깨닫는 데는 그리 오랜 시간이 걸리지 않았다.

우리 아들이 본 것

어느 늦은 오후였다. 큰아들이 학교를 마치고 돌아왔다. 현관에선 아이의 표정이 이상했다. 가방을 내려놓고 한참을 서 있었다.

"엄마… 오늘 길에서 무서운 걸 봤어요."

가슴이 철렁했다. 교통사고라도 본 걸까.

아이의 이야기는 이랬다.

집으로 오는 길, 앞쪽 길가에 사람들이 둥글게 모여 있었다. 처음엔 시장통 정도로 생각했다. 그런데 차가 가까이 가자 군중 한가운데 남자가 보였다. 스무 살 남짓, 남루한 옷차림. 두 손은 움직이지 못하는 듯했다.

그의 목엔 폐타이어가 걸려 있었다. 차가 그곳을 지나려는 순간이었다. 누군가 타이어와 옷 위에 기름을 부었다. 그리고 불을 붙였다. 불길이 순식간에 치솟았다. 군중에선 환호와 욕설이 터져 나왔다. 누군가는 돌을 던지고, 누군가는 손을 흔들며 소리질렀다. 차는 멈추지 않았다. 아이는 그 장면을 스치듯 보았을 뿐이다.

하지만 그 짧은 순간이 아이의 얼굴에 남긴 충격은 컸다.

나도 본 적 있다

나는 그 말을 전해 듣고 한동안 말을 잇지 못했다. 이 이야기를 듣는 순간, 내 기억 속 한 장면이 떠올랐기 때문이다.

몇 달 전, 대사관 회의를 마치고 돌아오는 길이었다. 해 질 무렵, 길가에 사람들이 몰려 있었다. 처음엔 싸움인 줄 알았다. 그런데 가까이 가자 상황이 달랐다.

군중이 누군가를 둘러싸고 있었다. 그 중심에 여자가 있었다. 차가 스쳐 지나가는 순간이었다. 돌 하나가 날아와 여자의 이마를 스쳤다. 피가 흘렀다. 또 다른 누군가가 돌을 들어 올리고 있었다. 차는 그냥 지나갈 수밖에 없었다.

그 여자가 살았는지, 죽었는지 나는 지금도 모른다.

정글 저스티스

그 일이 있고 며칠 뒤, 나는 현지 직원에게 물었다.

"저건 뭐였습니까?"

그는 잠시 침묵하더니 말했다.

"그걸 '정글 저스티스'라고 부릅니다."

나이지리아에선 도둑이나 범죄자를 잡으면 경찰에 넘기지 않고 현장에서 직접 처벌하는 경우가 많다고 했다. '몹 저스티스'라고도 불렀다.

"왜 경찰에 안 넘깁니까?"

그가 씁쓸하게 웃었다.

"경찰에 넘겨도 곧 풀려나니까요."

사법 절차는 느리다. 부패했다는 인식도 강하다. 분노한 군중은 법의 판결을 기다리지 않는다. 군중이 판사가 된다. 군중이 형을 집행한다. 돌을 던진다. 몽둥이로 때린다.

그리고 가장 잔혹한 방식이 있다. 타이어를 목에 걸고 불을 붙이는 화형. '넥 클레이싱(Necklacing, 죽음의 목걸이)'이라고 불렀다.

대낮 거리에서, 수많은 사람들이 지켜보는 가운데, 한 인간의 생명이 군중의 분노 속에서 사라지는 사회. 법보다 감정이 더 빠르게 움직이는 곳.

농담은 없었다

그 순간, 처음 들었던 그 말이 떠올랐다.

"도둑은 경찰에 잡히면 살고, 군중에게 잡히면 죽는다."

그 말은 농담이 아니었다. 그 사회의 냉혹한 현실을 압축한 문장이었다. 나는 그 현실을 신문이 아닌, 내 아이의 눈으로 내 눈으로 직접 마주했다. 그곳에선 때때로 '인권'이란 말이 너무 멀게 느껴졌다. 한 인간의 생명이 군중의 분노 속에서 순식간에 사라지는 곳.

그날 이후로 나는 거리에 사람들이 갑자기 몰려 있는 모습을 보면 무의식적으로 긴장한다. 그 긴장은 두려움이 아니다. 문명 뒤에 도사린 야만의 현실 앞에서 느끼는, 인간으로서의 무력감이다.

아무도 가지 않던 시장을 열다

나는 이렇게 막힌 시장을 뚫었다

사람은 누구나 마음속에 보이지 않는 벽을 세우고 산다. 평소에는 그 존재를 느끼지 못한다. 하지만 부딪히는 순간, 차가운 벽의 존재를 깨닫게 된다. 나에게 그 벽은 나이지리아 라고스에 부임한 뒤 더 크게 느껴졌다. 부임 전부터 수없이 들은 말이 있었다.

"조심하십시오."

"사기가 많은 나라입니다."

"직접 상담은 피하는 것이 좋습니다."

나는 스스로 원칙을 세웠다. 무역관에 찾아오는 현지인들은 현지 직원이 먼저 상담한다. 확실한 기업만 내가 직접 만난다. 국내 기업을 보호하기 위한 방침이었다. 하지만 그때는 몰랐다. 그 원칙이 정직한 상인들까지 막는 벽이 될 줄은.

부임한 지 한 달째 되던 날이었다.

탁자 위에 현금 2,000불을 내려놓다

한 남자가 사무실로 찾아왔다. 나이 마흔 중반쯤 되어 보였다. 옷차림은 허름했다. 직원들이 말렸지만, 그는 끝까지 내 방으로 들어왔다.

그리고 말했다.

"한국의 대흥정밀에 여러 번 연락했습니다. 하지만 답이 없습니다."

그는 조용히 봉투 하나를 꺼내 탁자 위에 내려놓았다. 봉투 안에는 2,000달러가 들어 있었다.

"이것은 샘플값입니다. 저를 도와주십시오."

그의 눈빛은 진지했다. 절박함도 느껴졌다.

나는 한 가지 일을 떠올렸다. 얼마 전, 자녀의 학교 입학금을 내기 위해 현지 화폐로 환전한 적이 있었다. 돈은 007 가방 하나를 가득 채웠다. 학교 서무과 직원들이 그 지폐를 몇 시간 동안 세고 있었다.

그때 나는 생각했다. '이 나라에는 화폐계수기가 필요하다.'

그 남자의 말은 현실적이었다. 한국에서 화폐계수기를 수입해 은행에 공급하겠다는 계획이었다. 사기가 아니라 사업 기회처럼 보였다. 나는 곧바로 한국에 전화를 걸었다. 대흥정밀 담당자의 대답은 단순했다.

"나이지리아라서 사기일까 봐 답을 하지 않았습니다."

나는 설명했다. 책상 위의 2,000달러 그리고 그 남자의 눈빛. 그날, 거래는 바로 성사되었다. 그 순간, 내 마음속에서 무언가가 깨졌다. 우리가 두려워했던 것은 정말 나이지리아였을까? 아니면 우리 마음속의 편견이었을까? 한 번의 사기 사건이 수많은 정직한 상인을 의심하게 만들고 있었다.

나는 방침을 바꾸었다. 무역관을 찾는 사람이라면 누구든 내가 직접 만나기로 했다. 얼마 뒤, 또 다른 바이어가 찾아왔다. 중년의 신사였다. 그는 24만 달러 규모의 어망 수입을 원했다. 현지 정부

기관에 납품하기로 한 계약서와 영국 은행의 증명서도 함께 가져왔다.

그는 말했다.

"부산의 유성기업에 여러 번 연락했습니다. 하지만 답을 받지 못했습니다."

나는 유성기업에 연락했다. 대답은 예상대로였다.

"나이지리아라서 걱정됩니다."

나는 다시 설명했다. 그리고 결국 8만 달러 규모의 수출이 먼저 성사되었다. 바이어는 매우 만족했다. 남은 재고도 비행기로 보내 달라고 했다.

신뢰는 또 다른 신뢰를 불렀다

나는 믿을 만한 현지 기업인 30여 명을 모았다. 그리고 수입품 구매사절단을 만들었다. 그들을 서울로 데려왔다. 한국 기업들과 직접 만나도록 했다. 이 프로그램은 2차, 3차, 4차로 이어졌다. 실제 수출도 계속 늘어났다. 한국 기업들의 생각도 조금씩 바뀌었다. '검은 대륙'이라는 두려움이 조금씩 사라지기 시작했다.

나는 그곳에서 중요한 사실을 배웠다. 편견은 우리를 안전하게 지켜 주는 것처럼 보인다. 하지만 때로는 기회까지 막아 버리는 감옥이 된다. 위험을 경계하는 지혜는 필요하다. 하지만 사람을 믿고 한 걸음 내딛는 용기도 필요하다.

책상 위에 놓였던 2,000달러. 그 돈은 단순한 샘플값이 아니었다. 한 사람의 절박한 노력이었다. 그리고 내 마음속 편견을 깨뜨린 작은 계기였다. 그 작은 계기 하나가 두 나라 사이에 새로운 길을 열었다.

그날 이후 내 앞에 있던 벽은 사라졌다. 대신 열린 문이 하나 생겼다.

나이지리아 구매사절단과의 상담 장면

내가 알던 아프리카는 틀렸다

낯선 땅에서 마주한 현실

1995년, 나이지리아 라고스. 내가 무역관장으로 부임했을 때 이 나라는 좋지 않은 이미지로 알려져 있었다. 사기 사건이 많다는 이유였다. 한국 기업들도 마찬가지였다.

"나이지리아 바이어와 거래하면 큰일 난다."

이런 말이 업계에서 흔히 들렸다. 하지만 현지에서 직접 바이어들을 만나 보니 상황은 달랐다. 자본이 탄탄한 상인도 있었다. 수입 의지가 분명한 기업인도 많았다. 문제는 신뢰였다. 해외 기업들이 거래를 피하다 보니 정직하게 사업하려는 사람들도 길이 막혀 있었다.

나는 생각했다. '이 벽을 깨야 한다.'

그래서 결심했다. 능력 있는 바이어들을 모아 한국에 직접 데려가자. 직접 만나면 생각이 달라질 것이라 믿었다.

30명의 바이어와 서울로 가다

매년 초 서울에서는 전 세계 무역관장들이 모이는 회의가 열린다. 나는 이 기회를 활용하기로 했다. 현지 유력 바이어들을 모아 구매사절단을 만들었다. 그리고 그들을 한국으로 데려가 수출 상담회를 열기로 했다. 사절단을 모집하자, 예상 밖의 반응이 나왔다. 무려 30명이 참가하겠다고 나섰다.

나이지리아 바이어들이 단체로 한국을 방문하는 것은 그때가 처음이었다. 하지만 한국 본사의 반응은 차가웠다.

"관장님, 혹시 사기단 아닙니까?"

"나이지리아 바이어라면 위험한 것 아닌가요?"

나는 다시 설명했다.

"제가 직접 만나 확인한 사람들입니다. 건실한 기업인들입니다."

여러 번 설득한 끝에 겨우 허락을 받을 수 있었다. 그리고 마침내 나는 30명의 바이어와 함께 서울행 비행기에 올랐다. 비행기 안에는 검은 얼굴들로 가득했다.

상담 시작 30분 만에 수출 계약 성사

서울 삼성동 무역회관 12층에서 수출 상담회가 시작되었다. 약 30분쯤 지났을 때였다. 한 바이어가 급히 나를 찾아왔다. 그의 손에는 두툼한 봉투가 들려 있었다.

"여기 2만 달러입니다. 첫 만난 한국업체와 직물을 수입하기로 했습니다. 선적이 잘되도록 도와주십시오."

봉투 안에는 미 달러 지폐가 가득 들어 있었다.

당시 나이지리아는 신용이 낮았다. 한국 기업들은 신용장을 믿지 않았다. 그래서 거래는 대부분 현찰로 이루어졌다. 바이어들은 한국에 오기 위해 큰돈을 썼다. 왕복 항공료만 2,700달러였다. 현지 직원 2년 월급에 해당하는 금액이었다. 빈손으로 돌아갈 수 없었다. 그래서 상담이 이어질수록 바이어들이 하나둘 나를 찾아왔다.

"저도 2만 달러 준비했습니다."

"저는 3만 달러입니다."

상담장 분위기는 순식간에 뜨거워졌다. 가장 놀란 사람은 처음에 사절단을 반대했던 본사 담당부서장이었다. 그가 조용히 내게 말했다.

"관장님, 제가 편견을 가졌습니다. 이런 바이어들이 있을 줄 몰랐습니다."

보조 인솔자, 노총각 신세를 면하다

30명의 바이어를 나 혼자 인솔하기는 쉽지 않았다. 그래서 현지 직원 한 명이 동행했다. 서른셋의 청년이었다. 대학원까지 나온 성실한 직원이었다. 하지만 그는 아직 결혼을 못 했다.

"왜 결혼을 안 했습니까?"

내가 묻자 그는 한참 망설이다 말했다.

"지참금을 마련하지 못했습니다."

그에게는 사랑하는 여자가 있었다. 3년째 만나고 있었다. 하지만 나이지리아에서 결혼하려면 신부 가족에게 지참금을 줘야 했다. 결혼식 비용과 집 마련도 필요했다. 그의 월급으로는 감당하기 어려웠다. 나는 마음속으로 결심했다. '이번 출장에서 그가 돈을 모을 수 있도록 도와주자.'

출장 경비를 아끼라고 조언했다. 호텔 대신 저렴한 숙소를 이용하도록 했다. 항공사에도 부탁해 단체 여행에 따른 무료 항공권을 제공받았다. 그는 비용을 최대한 절약했다. 아침은 김밥 한 줄로 해결했다. 남는 시간에는 남대문 시장에 갔다. 손목시계를 몇 개

샀다.

"한국 시계는 라고스에서 세 배 이상에 팔립니다."

그는 웃으며 말했다.

"관장님, 이번 출장은 제 인생의 기회입니다."

그의 눈빛에는 희망이 가득했다.

신뢰의 대가

사절단 일정을 마치고 나는 다시 라고스로 돌아왔다. 하지만 마음이 편하지 않았다. 약속한 선적이 늦어지면 모든 신뢰가 무너질 수 있었다. 나는 본사에 전화를 걸었다.

"제가 책임지고 데려온 사람들입니다. 부디 약속을 지켜 주십시오."

다행히 물건은 약속한 날짜에 선적되었다. 나이지리아 바이어들도 대금을 서울에서 모두 선금으로 정확히 지불했었다. 한국 기업들도 조금씩 생각이 바뀌기 시작했다. 첫 번째 구매사절단은 이렇게 성공했다.

이후 제2, 제3의 사절단이 이어졌다. 처음 시도된 사업이 이젠 아스팔트길이 되었다. 나이지리아에 대한 인식도 조금씩 달라졌다. 그리고 그 현지 직원은 출장에서 모은 돈으로 지참금을 마련했다. 그해 가을, 그는 사랑하는 사람과 결혼했다.

라고스의 태양 아래

나는 지금도 한국 기업들에게 말한다.

"나이지리아를 편견으로 보지 마십시오. 그곳에도 신뢰를 지키는 사람들이 있습니다."

때로는 그 신뢰 하나가 시장도 바꾸고, 한 사람의 인생도 바꾼다.

오늘도 라고스의 태양은 뜨겁게 떠오르고 있다.

한국에서 잃은 꿈,
라고스에서 다시 일어서다

라고스에는 '김 사장'이라는 교민이 있다. 사람들은 그를 두고 이렇게 말했다.

"운이 좋은 사람이다."

"배짱이 대단하다."

하지만 그의 이야기를 자세히 들어 보면 단순한 운이 아니었다. 그것은 포기하지 않은 한 사람의 이야기였다.

한국에서 무너진 인생

김 사장은 한국에서 사업에 실패했다. 부도를 맞았다. 모든 것을 잃었다. 남은 것은 거의 없었다. 그가 가진 재산은 고무다라를 만드는 금형 단 두 개였다. 한국에서는 더 이상 쓸모가 없는 물건이었다. 하지만 그는 그 금형을 짐 속에 넣었다. 그리고 나이지리아로 향했다. 거창한 계획은 없었다. 그저 다시 시작할 곳이 필요했을 뿐이었다.

족장의 땅에 세운 작은 공장

나이지리아에 도착했지만 현실은 냉혹했다. 돈이 없었다. 공장도 없었다. 땅도 없었다.

그는 동네의 한 족장을 찾아갔다. 자신의 처지를 솔직히 말했다. 그리고 고무다라 금형 이야기를 꺼냈다. 족장은 그의 이야기를 듣더니 말했다.

"땅 한쪽을 쓰게."

김 사장은 그곳에 작은 움막을 지었다. 공장이라 부르기도 어려운 공간이었다. 하지만 그곳에서 새로운 시작이 이루어졌다.

쓰레기에서 원료를 찾다

문제는 원료였다. 김 사장은 다른 방법을 찾았다. 거리의 플라스틱 쓰레기였다. 물병, 비닐봉지, 포장재. 버려진 플라스틱을 모았다. 아이들에게 동전을 주고 가져오게 했다.

며칠 뒤, 움막 앞에는 플라스틱 쓰레기가 산처럼 쌓였다.

김 사장은 불을 피웠다. 플라스틱을 녹였다. 그리고 금형에 부었다. 마치 붕어빵을 찍어내듯 둥근 고무다라가 하나씩 만들어졌다. 공장 안은 항상 검은 연기로 가득했다.

시장에서 시작된 특별한 판촉 활동

이제 문제는 판매였다. 나이지리아 사람들은 고무다라를 처음 봤다. 왜 필요한지 몰랐다. 그래서 김 사장은 특별한 방법을 선택했다.

시장 한가운데로 나갔다. 그리고 고무다라 위에 올라섰다. 그 위에서 펄쩍펄쩍 뛰기 시작했다.

"꿍! 꿍!"

사람들이 웃으며 모여들었다. 누군가는 만져 보고, 누군가는 발로 차 보았다. 김 사장은 말했다.

그것이 전부였다. 하지만 그 단순한 시연이 최고의 광고가 되었다.

시장에서 고무다라를 홍보하고 있다

소문이 만든 성공

소문은 빠르게 퍼졌다. '안 깨지는 통이 있다.' 주문이 늘어나기 시작했다. 김 사장은 다시 불을 피웠다. 플라스틱을 녹였다. 고무다라는 전국으로 팔려 나갔다. 나이지리아는 인구가 2억 명이 넘는 나라다. 수요는 넘친다. 하지만 제조업은 부족했다. 그래서 이곳에는 이런 말이 있다.

"뭐든 만들기만 하면 팔린다."

김 사장은 그 말을 현실로 만든 사람이었다.

작은 공장에서 시작된 변화

움막 공장은 여전히 작았고, 연기는 계속 피어올랐다. 하지만 사업은 커지고 있었다. 김 사장은 고무다라 생산을 늘렸다. 그리고 사업을 확장했다. 고무다라에서 시작한 사업은 나중에는 보트 제조까지 이어졌다. 한국에서 무너졌던 인생이 라고스에서 다시 일어섰다.

기회의 땅

사람들은 아직도 말한다.

"나이지리아는 위험한 나라다."

하지만 김 사장은 아마 이렇게 말했을 것이다.

"위험한 나라가 아닙니다. 준비되지 않은 사람에게 어려운 나라일 뿐입니다."

그의 고무다라는 지금도 어딘가에서 쓰이고 있을지 모른다. 마치 김 사장이 그랬듯, 한 번 무너진 사람이 다시 일어설 수 있다는 증거처럼. 그리고 그것이 나이지리아라는 땅이 가진 또 하나의 얼굴이다.

라고스의 김 사장, 고무다라로 시작된 기적.

라고스에는 김 사장 말고도 박 사장, 이 사장, 최 사장도 있다. 이곳에 투자해 성공한 사업가들이다. 이들은 재래시장에서 사용하는 비닐봉투를 제작해 판매했다. 전국적으로 시장을 넓혀 굴지의 사업가로 군림하고 있었다.

제5부

캐나다,
질서와 여유의 나라

밴쿠버,
낯선 나라에서의 새로운 시작

운명의 발령, 모두가 선망한 그곳으로

1993년 4월, 캐나다 밴쿠버 한국무역관 발령 소식을 받았을 때 내 가슴은 마치 축구공만큼 부풀어 올랐다. 두 번째 해외 근무지였다.

밴쿠버는 당시 '스위스 다음으로 세계에서 살기 좋은 도시'라는 찬사를 받으며 직원들 사이에서는 '한 번쯤 꼭 그곳에서 근무해 보고 싶은 로망'이 있었다. 지원자가 넘쳐 나는 치열한 경쟁.

그런데 그 자리가 내 것이 됐다. 아마도 파키스탄이라는 험난한 땅에서 고생한 이력이 모르는 사이에 내게 플러스알파가 되어 돌아온 것 같았다. 고생은 언젠가 나를 배신하지 않는다는 말, 그게 꼭 맞아떨어지는 순간이었다.

첫인상, 기대의 역설

밴쿠버 국제공항에 도착한 날, 하늘은 보슬보슬 봄비를 내리고 있었다. '오, 첫날부터 비라니…' 싱그러운 출발이라고 생각했다. 그런데 그 비가 멈출 줄 몰랐다. 하루, 이틀, 일주일… 거의 한 달 내내 흩뿌리는 비가 이어졌다.

거리는 좁고 한적했다. 익숙한 한국의 대도시 풍경과는 너무 달랐다. 군데군데 고층 아파트가 보이긴 했지만, 대부분 조그만 단독주택들이 다닥다닥 붙어 있었다. 고층 빌딩 숲을 기대했던 나에겐 그 풍경이 무척이나 작아 보였다.

1년 전, 출장으로 다녀온 미국 애틀랜타가 떠올랐다. 번쩍이는 고층 빌딩, 도로를 가득 메운 자동차들, 그 속에서도 아름다운 자연이 공존하던 곳. 밴쿠버는 그보다 훨씬 멋질 거라는 기대가 컸던 탓일까. 첫인상은 '이게 다인가?'라는 실망에 가까웠다.

6월의 기적, 숨겨진 진실이 피어오르다

그런데 세상에, 얼마나 지났을까? 6월의 어느 날, 문득 고개를 드니 하늘이 티 없이 맑아 있었다. LED 형광등을 켜 놓은 것처럼 도시 전체가 환해졌다. 지루한 비의 4월은 어느새 사라지고 없었다. 내 눈앞에 펼쳐진 광경은 그야말로 장관이었다.

앞산에는 아직 녹지 않은 흰 눈이 정상에 쌓여 있었고, 산 아래 푸른 잔디 골프장에선 골퍼들이 한가롭게 라운딩을 하고 있었다. 앞바다에는 하얀 요트들이 줄지어 항해하고, 가정집 앞마당에는 주인이 정성껏 가꾼 예쁜 꽃들이 송이송이 활짝 피어 향기를 뿜었다. 우거진 숲에서는 이름 모를 새들이 지저귀며 4중창을 펼쳤다.

나는 그 광경을 바라보며 깊은 생각에 잠겼다. '만약 천당이 있다면, 어떤 모습일까?' 넓은 도로에 자동차가 쌩쌩 달리고 고층빌딩이 즐비한, 교통체증이 끊이지 않는 번화한 대도시일까? 아니면, 지금 이렇게 산과 들, 호수와 공원이 우리 곁에 있고, 새가 울고 꽃이 피는 조용하고 평화로운 곳일까?

나는 그 순간 깨달았다. 아마도 천국은 이런 모습일 거라고. 적어도 내게 천국이 있다면, 바로 이 도시 같았다.

그제야 이해가 됐다. 왜 그렇게 많은 사람들이 이곳으로 이민을 오는지. 벤쿠버는 홍콩인들의 이민 천국이었고, 홍쿠버가 되어 있었다. 좋은 교육, 든든한 의료 서비스, 풍요로운 자연이 주는 이 평화로움. 나는 3년 임기로 이곳에 왔지만, 이 도시는 이미 내 마음속에 영구 거주지를 마련해 버렸다.

뜻밖의 손님과 나체촌 모험

그렇게 밴쿠버 생활에 푹 빠져 지내던 어느 날, 사촌 누님 가족이 우리를 찾아왔다. 매형은 서울의 한 고등학교에서 영어를 가르치는 선생님이었고, 저녁이면 작은 교회를 운영하는 목사님이셨다. 여름 방학을 맞아 가족여행 겸, 사실은 외국 이민을 염두에 둔 사전 답사 차 밴쿠버를 방문한 것이다.

어느 날, 우리는 밴쿠버 시내의 퀸 엘리자베스 공원을 둘러보고 언덕 위 잔디밭에 앉아 쉬고 있었다. 그때, 언덕 아래에서 배낭을 멘 20대 한국인 여성 한 명이 혼자 걸어 올라오고 있었다. 외국에서 한국인을 만나면 반갑기 그지없다. 마치 먼 친척을 만난 듯했다. 부산에서 온 영어 교사라는 그녀는 혼자 여행하는 것을 좋아한다고 했다. 같은 영어 교사인 매형과 금방 친해져 이야기꽃을 피웠다.

"혼자 다니면 위험하지 않아요? 같이 다니면서 구경하는 게 어때요?"

자연스럽게 우리 일행이 합류하게 됐고, 내 차에 함께 타고 관광을 하게 됐다. 그런데 그녀가 뜬금없는 이야기를 꺼냈다.

"어제 나체촌에 다녀왔어요."

뭐라고? 밴쿠버에 나체촌이 있다고? 나는 1년 넘게 이곳에서 살았지만, 그런 곳이 있다는 말을 한 번도 들어 본 적이 없었다. 그런데 첫 관광객이 그런 곳을 알다니? 궁금증이 이글거렸다. 그때 매형이 입을 열었다.

"세상에, 그런 타락한 현장이 있다니! 교회 목회 설교 자료로 활용해야겠어. 한번 가 보자고."

그렇게 우리의 '나체촌 답사단'이 급조됐다.

그녀가 알려 준 대로 UBC(브리티시컬럼비아대학교) 언덕 쪽으로 차를 몰았다. 산언덕인데, 찾기가 쉽지 않았다. 한참을 헤매다 바다 쪽으로 난 좁은 길이 보였다. 우리는 차에서 내려 조용히 골목길을 따라 걸어 내려갔다.

드디어 눈앞에 펼쳐진 것은 광활한 태평양과 모래사장. 그리고 그곳에… 남녀노소 20여 명이 모여 있는 나체촌이 있었다. 프랑스 니스 해변에서 본 나체촌 이후 두 번째로 보는 풍경이었다.

매형의 표정은 복잡했다. 설교 자료를 찾으러 왔지만, 오히려 뭔가 생각할 거리를 얻은 듯했다. 자연 앞에 모든 것이 벗겨진 인간의 모습은 타락이라기보다 어떤 원초적인 자유로움처럼 보였으니까.

회고

지금 돌아보면, 밴쿠버는 내게 두 가지 큰 가르침을 줬다. 첫째는 첫인상을 믿지 말라는 것, 둘째는 기다리면 언젠가 진실이 드러난다는 것이다.

비 내리는 4월의 실망이 없었다면, 6월의 눈부신 깨달음도 없었을 것이다. 그리고 평범한 관광지에서 예상치 못한 나체촌을 만난 그날의 에피소드는, 세상이 생각보다 훨씬 다양한 모습으로 우리 앞에 펼쳐져 있다는 사실을 일깨워 줬다.

밴쿠버, 그곳은 천국이 아니었다. 하지만 그곳에서 나는 천국이 무엇인지 조금은 알게 됐다. 그곳은 바로, 있는 그대로의 자연이 우리 곁에 있고, 예상치 못한 만남이 우리를 기다리며, 때로는 비가 내리고 때로는 눈부신 햇살이 우리를 반겨 주는 그런 곳이었다.

그리고 그 모든 것은, 비가 그칠 때까지 조금만 기다리면 된다는 것을 깨닫게 해 준 시간이었다.

밴쿠버 다운타운

캐나다 한인 사회의 삶

태평양을 건너며

1993년 봄, 비행기 창문 밑으로 펼쳐진 태평양은 끝없는 푸른 물결뿐이었다. 나는 3년간의 캐나다 밴쿠버 한국무역관 주재원 발령을 받고, 아내와 두 어린 자식과 함께 낯선 땅으로 향하고 있었다. 업무적인 성과에 대한 기대도 있었지만, 가슴 한편에서는 알 수 없는 설렘이 있었다. 이 3년이 내 인생에 어떤 좌표를 찍게 될지.

지금 돌아보면, 공식적인 임무보다 더 깊이 각인된 것은 '사람'이었다. 특히 이민의 삶을 살아가던 한인 동포들과의 만남은 마치 거울 속에서 나 자신의 가능한 미래를 들여다보는 듯한 경험이었다.

교회, 그 낯선 땅의 안식처

밴쿠버 한인교회는 단순한 종교 공간 이상이었다. 그것은 아픔과 희망이 교차하는, 살아 있는 역사의 현장이었다.

처음 교회 문을 열었을 때, 익숙한 한국어 찬송가가 반겼다. 눈을 감으면 서울의 어느 교회와 다를 바 없었지만, 눈을 뜨면 그곳은 분명 북미 대륙의 작은 한국이었다. 예배 후 다과 시간, 교인의 집으로 돌아가며 예배드리는 만남, 나는 자연스럽게 이민자들의 이야기에 귀 기울이게 되었다.

그들의 이야기는 남의 일이 아니었다. 어쩌면 나는 그들의 과거에서 나의 미래를 보고 있었는지도 모른다.

3,000달러의 용기 그리고 시작

1960-70년대, 한국은 전쟁의 상처를 딛고 일어서던 시기였다. 당시 이민 온 어르신들의 이야기는 하나같이 처절하면서도 아름다웠다.

"3,000달러, 그게 내 전 재산이었어. 지금 같으면 중고차 한 대 값도 안 되지? 그런데 그때는 그 돈이 내 인생 전부였어."

김 집사님은 손에 쥔 3,000달러가 단순한 돈이 아니라, 조국을 등지고 나온 용기의 대가라고 했다. 그분들은 모두가 공통된 꿈을 꾸고 있었다. "더 잘 살아 보겠다", "자식만큼은 제대로 가르치겠다"는.

나는 그들의 이야기를 들으며, 우리 부모님 세대가 견뎌 낸 고통의 무게를 조금이나마 이해할 수 있었다. 그들은 세탁소 근로자, 식당 종업원, 점원으로 일하면서도 자녀들에게는 최고의 교육을 시키기 위해 아등바등했다. 그렇게 자란 2세들은 지금 변호사, 의사, 대기업 회사원이 되어 캐나다 사회의 주류로 성장하고 있었다.

화려했던 과거, 낯선 현재

교회에서 만난 박 장로님은 한국에서 대기업의 과장님이셨다. 캐나다에서는 한인 정원사르 막일을 했다고 말했다.

"대기업의 과장 타이틀이 뭐가 대단하다고. 여기서는 내가 손가락 하나 까딱하지 않아도 되는 사람이 없어. 그래도 좋아. 내 딸은 지금 의대 다니니까."

이렇게 말하면서 웃는 모습에서, 나는 '자존심'과 '희생' 사이의 미묘한 경계를 보았다. 의사, 기술자, 교수였던 이들이 이곳에서는 모두 '초보 이민자'였다. 언어는 벽이었고, 자본은 부족했으며, 사회적 네트워크는 전무했다.

그들이 스스로를 '원주민'이라 부르며 살아가는 모습은 나에게 큰 감동을 주었다. 원주민이 아니라 '원시민'으로 시작했지만, 그들은 조용히 그러나 단단하게 뿌리를 내리고 있었다.

이룸과 잃음 사이

어느 날, 대학 교수 출신의 한 장로님이 나에게 조용히 물었다.

"우리가 이민 올 때 꿈꿨던 걸 정말 이루었을까요?"

그 질문은 오랫동안 내 마음속에서 맴돌았다. 물질적으로는 성공했다. 자식들은 캐나다 사회에 완벽히 적응했다. 하지만 그 적응이 가져온 대가 또한 컸다.

세탁소를 운영하는 한 권사님은 대학을 졸업한 아들과 대화가 통하지 않는다고 했다. 아들은 한국어가 서툴러 "사랑해요, 엄마." 조차 자연스럽게 말하지 못했고, 권사님은 영어가 어려워 아들의 고민을 제대로 이해하지 못했다. 말이 통하지 않는 말 못 할 사정이 있다.

또 다른 집사님은 16살 중학생 딸로부터 "한 번만 더 그러면 경찰에 신고하겠다"는 말을 들었다며 고개를 숙였다. 한국에서는 절대 상상할 수 없었던 일이었다. 자녀들의 겉모습은 한국인이었지만, 속은 이미 캐나다인이었다. 마치 바나나처럼 겉은 노랗지만, 속은 하얗다. 그분은 그날 처음으로 이민을 후회했다고 고백했다.

나는 그들의 이야기에서 이민의 양면성을 보았다. 하나를 얻으면 하나를 잃는, 잔인할 만큼 공평한 인생의 법칙을.

달라진 이민의 풍경

2000년대를 앞두고 이민의 풍경은 급격히 변했다. 투자 이민 제도가 도입되면서, 일정 자본을 가진 사람들이 대거 캐나다로 몰려들었다.

"우리는 평생 고생해서 여기까지 왔는데, 저 사람들은 오자마자 다 가졌네."

어느 이민 1세대 교포의 이 말에는 서글픔과 시기가 뒤섞여 있었다. 새로 온 이민자들은 그급 주택, 비싼 승용차를 먼저 샀다. 그들을 바라보는 1세대들의 시선은 복잡했다. 부럽기도 했지만, 자신들의 30년 고생이 한순간에 평가절하되는 듯한 느낌도 지울 수 없었다. 나는 두 세대의 이민자 사이에서, '시간'이 만들어 내는 또 다른 간극을 목격했다.

30년 만의 고국

가장 인상 깊었던 순간 중 하나는, 캐나다 바이어들과 한인 동포들을 인솔해 한국에서 열린 무역상담회에 참석했을 때였다.

30년 만에 처음 한국 땅을 밟은 최 사장님은 인천공항(당시 김포공항)에 내리자마자 한동안 말을 잇지 못했다. 그분의 눈에는 눈물이 맺혀 있었다.

"이게… 서울이야? 내가 떠날 때는 한강 다리도 몇 개 없었는데…."

변해 버린 서울의 모습에 그는 경이로움과 낯섦, 그리고 설명할 수 없는 상실감을 동시에 느꼈다. 고국은 그를 기다리지 않고 이미 멀리 가 있었다. 그날 밤, 호텔 바에서 최 사장님은 술잔을 기울이며 말했다.

"고향에 왔는데, 외국에 온 것 같아. 여기서도 나는 이방인이구나."

김 사장 가족의 밤

밴쿠버 같은 아파트 20층에 살던 김 사장 가족은 내가 부임하던 해 투자이민으로 캐나다에 왔다. 50대 중년의 가장으로서 새로운 시작은 쉽지 않았다.

"영어가 안되니까, 할 수 있는 게 없어. 매일 아침 눈뜨면 '오늘 뭐 하지?' 이 생각뿐이야."

저녁이면 우리 가족과 함께 시간을 보내곤 했던 김 사장 부인은, 아이들이 잠든 후면 밤마다 울었다고 털어놓았다. 한국에 두고 온 늙으신 부모님, 자주 만나던 형제들, 익숙했던 모든 것이 그리웠다.

"처음 한국 갔을 땐 너무 반가웠어요. 그런데 두 번째, 세 번째, 갈수록 달라지더라고요. 언니가 '너는 이제 여기 사람이 아니야'라는 눈빛으로 보는 거예요."

이민 1년 만에 그제야 깨달았다고 했다. 자신도 변하고 있었고, 고국도 변하고 있었다. 그 깨달음 이후, 그녀는 조금씩 캐나다를 자신의 집으로 받아들이기 시작했다.

마침내 김 사장은 산악인용 자전거 전문점을 인수하며 사업을 시작했다. 처음에는 낯설었지만, 그는 조금씩 자신만의 길을 만들어 갔다. 그 모습에서 나는 이민이 '도망'이 아니라 또 다른 '도전'이라는 것을 배웠다.

접어야 했던 나의 꿈

그들과의 만남 속에서 나 역시 이곳에 이민을 꿈꾸게 되었다. 밴쿠버의 공기, 사람들 그리고 가능성에 매료되었다. 아내와 아이들도 이곳 생활에 익숙해지고 있었다.

그러나 운명은 뜻밖의 선물을 안겨 주었다. 예상치 못한 승진 발령. 아프리카 라고스 무역관 관장으로 이동 명령이 떨어졌다. 처음으로 관장이라는 타이틀을 얻게 되었다. 이렇게 밴쿠버에서의 임기 3년을 다 채우지 못하고 떠나게 되었다.

밴쿠버에서의 마지막 밤, 나는 아파트 베란다에 서서 내려다보이는 도시의 불빛을 바라보았다. 김 사장 가족도 이제 이곳에서 뿌리를 내리고 있었다. 나는 떠나고, 그들은 남았다.

이민의 꿈을 접는 순간이었다. 하지만 후회는 없었다. 오히려 감사했다. 그들이 나에게 보여 준 삶의 이야기들이 내 인생의 지평을 넓혀 주었으니까.

여전히 건너는 중

지금도 가끔 그 시절을 떠올린다. 밴쿠버의 차가운 공기, 교회에서 나누던 따뜻한 대화 그리고 낯선 땅에서 뿌리를 내리려 애쓰던 사람들의 얼굴을. 그들은 모두 각자의 방식으로 삶이라는 이민을 건너고 있었다. 조국을 떠나 새로운 땅에 정착하는 이민처럼,

우리 모두는 매일매일 낯선 시간 속을 건너며 살아가고 있는지도 모른다.

나는 그들에게 배웠다. 삶이란 결국, 어디에 있든 '지금 여기'에서 최선을 다해 뿌리를 내리는 것임을. 그리고 그 뿌리가 때로는 아프고 외로울지라도, 결국 우리를 더 단단하게 만든다는 것을.

밴쿠버의 바다는 여전히 그곳에 있을 것이다. 그리고 그 바다를 바라보며 살아가는 그들도. 우리는 만났고, 영향을 주고받았으며, 각자의 길을 갔다. 그것으로 충분하다. 때로는 바다를 사이에 두고, 때로는 시간을 사이에 두고, 우리는 여전히 서로를 기억하고 있으니까.

캐나다 주택임차에서 시작된 분쟁

주택 수리비 청구 대응 사례

1993년 4월, 나는 밴쿠버 무역관 발령을 받아 가족과 함께 캐나다 생활을 시작했다. 낯선 땅에서의 첫걸음은 설렘과 긴장이 교차하는 시간이었다. 하지만 그곳에서 내가 가장 치열한 싸움을 겪으리라고는, 그것도 업무가 아닌 '집' 문제일 줄은 미처 몰랐다.

전세 없는 나라에서 시작된 계약

캐나다에는 한국의 전세 제도가 없다. 집을 빌리려면 보증금을 내고 매달 월세를 내는 방식이 전부였다. 우리 가족은 보증금 3,000달러, 월세 650달러 조건으로 1년 계약을 맺고 아파트에 입주했다. 계약 종료를 한 달 앞두고, 약정대로 임대인에게 퇴거 의사를 통보했다. 모든 일이 순조롭게 마무리되는 듯했다. 그대, 예상치 못한 인물이 찾아왔다.

"3,000달러는 물어 줘야 할 겁니다"

어느 날, 밴쿠버의 한 부동산에서 일한다는 50대 한인 남성이 집을 방문했다. 차기 세입자에게 보여 주기 위해 구조와 상태를 확인하러 왔다고 했다. 집을 둘러본 그는 의미심장한 말을 남겼다.

"이 집 주인이 그리스계인데 아주 까다롭습니다. 아마 수리비 3,000달러는 준비하셔야 할 겁니다."

순간 기분이 싸늘해졌다. 동포의 진심 어린 걱정인지, 아니면 사전에 겁을 주는 것인지 알 수 없었다. 그러나 그 말은 불길하게도 현실이 되었다.

며칠 뒤, 변호사 사무실에서 등기 우편이 도착했다. 내용은 수리비 3,000달러를 청구한다는 통지서였다. 며칠 전 들었던 그 말과 정확히 일치했다.

반복되는 수법

의심이 커졌다. 우연일까?

나는 이전 세입자를 수소문했다. 놀랍게도 직전 세입자 역시 이민 온 한인이었으며, 퇴거 당시 비슷한 방식으로 수리비를 청구당했고, 영어가 익숙하지 않아 제대로 대응하지 못한 채 보증금을 포기했다고 했다.

그 순간 결심했다. '끝까지 가 보자.' 외국인이라는 이유로, 영어가 완벽하지 않다는 이유로 얕잡아 본다면 그 편견을 깨 주고 싶었다.

캐나다의 임차인 보호 제도

캐나다에는 임차인을 보호하는 제도가 잘 마련되어 있었다. 정식 재판 이전 단계인 주택분쟁중재위원회가 있었고, 신청 비용은 고작 35달러였다. 나는 관련 법규를 찾아 읽고, 수리비 청구의 부당성을 조목조목 정리해 중재 신청서를 제출했다,

한 달 후, 중재 기일이 잡혔다. 상대가 출석하지 않으면 자동 승

소. 그러나 내 예상과 달리, 중재 당일 오전 8시 58분, 시작 2분 전, 임대인이 나타났다. 그의 표정은 여유로웠다.

3,000달러가 10,000달러로

중재가 시작되자 임대인은 가방에서 서류 뭉치를 꺼냈다. 그리고 선언하듯 말했다.

"수리비 총액은 10,000달러입니다."

순간 귀를 의심했다. 3,000달러도 억울한데, 10,000달러라니.

청구 내역은 이러했다.

· 카펫에 잉크가 묻었으니 집 전체 카펫 교체 비용
· 벽의 못 자국 보수 비용(본인 인건비 포함)
· 화장실 대형 거울 파손 비용

특히 거울 파손은 전혀 사실이 아니었다. 중재 신청에 대한 앙심이 10,000달러라는 숫자로 되돌아온 듯했다. 아내는 줄곧 "그냥 3,000달러 주고 끝내자"고 만류했었다. 그 말이 스치며 순간 후회가 밀려왔다. 그러나 이미 물러설 수는 없었다.

사진 한 장의 힘

내 차례가 왔다. 나는 조용히 서류 봉투를 열었다. 그리고 사진을 꺼냈다. 이사 준비를 하며 혹시 모를 상황에 대비해 집 안 구석구석을 촬영해 두었던 것이다.

멀쩡한 화장실 거울, 부분적인 카펫 얼룩, 과도하지 않은 못 자국. 사진을 한 장 한 장, 중재 판정관 앞에 제출했다. 판정관은 현장 확인을 하지 않는다. 오직 증거로 판단한다. 거울 사진을 본 임대인의 말이 바뀌었다.

"그렇다면 거울 비용은 제외하겠습니다."

그 순간, 승부의 추가 기울고 있음을 느꼈다.

한 달의 기다림

심리는 끝났고, 판결은 한 달 후 우편으로 통보된다고 했다. 그 한 달은 1년처럼 길었다. 우체국에서 등기 우편 통지서를 받았을 때, 손이 떨렸다. '아내 말대로 할 걸 그랬나…' 봉투를 열었다.

판결: 2,750달러 반환

결과는 승소였다. 보증금 3,000달러 중 청소비 250달러를 제외한 2,750달러를 반환하라는 판정이었다. 그리고 그 판결문을 임대인에게 등기로 보내라는 지시가 있었다. 보낸 지 15일 후, 마침내 수표가 도착했다. 약 3개월에 걸친 싸움의 종지부였다.

이 사건이 남긴 교훈

외국에서, 변호사를 동원한 임대인을 상대로, 법정이 아닌 중재에서 이겼다는 사실은 큰 자부심으로 남았다. 그러나 무엇보다 값진 것은 이 싸움이 남긴 교훈이었다.

1. 계약은 감정이 아니라 증거로 말한다.

  - 말이 아니라 사진이 이겼다.

2. 외국인이라도 법은 보호한다.

  - 제도를 알고 활용하면 두려울 이유가 없다.

3. 이사할 때는 반드시 기록을 남겨라.

  - 사진 몇 장이 10,000달러를 막았다.

타국에서의 삶은 때로 외롭고, 억울하며, 두렵다. 그러나 원칙과 증거 그리고 포기하지 않는 태도가 있다면 상황은 바뀔 수 있다.

나는 그날 배웠다. 정의는 멀리 있지 않다. 준비된 사람의 손에 쥐여질 뿐이다.

곰인 줄 알았던 그날 밤 해프닝

1994년, 밴쿠버의 밤. 그날 밤은 유난히 어두웠다.

나는 거실 소파에 앉아 있었다. 캐나다 밴쿠버에서 근무한 지도 벌써 2년째였다. 창밖 마당에는 이름 모를 나무들이 서 있었다. 그 사이로 희미한 달빛이 스며들었다. 조용한 밤이었다. 이제 이곳 생활도 제법 익숙해지고 있었다.

그때 아내가 말했다.

"강아지 좀 데리고 나갔다 올게요. 바람 좀 쐬고 싶어서요."

나는 고개만 끄덕였다. 그리고 몇 분 뒤였다.

"곰이야!"

갑자기 밤공기가 갈라졌다.

"곰이야!"

단순한 놀람이 아니었다. 목이 찢어질 듯한 비명이었다. 나는 소파에서 그대로 뛰어올랐다. 신발도 제대로 신지 못한 채 현관문을 열고 뛰쳐나갔다. 심장이 미친 듯이 뛰었다. '곰이 아내를 공격한 건가?'

밴쿠버 외곽에서는 가끔 곰이 내려온다는 이야기를 들은 적이 있었다. 어둠 속을 두리번거렸다. 하지만 곰은 보이지 않았다. 대신 현관 계단 아래에 아내가 쓰러져 있었다. 입가에서 피가 흐르고 있었다. 순간 머리가 하얘졌다.

어둠이 만든 착각

나중에야 상황을 알게 되었다. 이웃집 남자가 큰 개를 데리고 지나가고 있었다. 그 개가 우리 집 강아지를 보고 갑자기 달려들었다. 어둠 속에서 커다란 검은 그림자가 움직였다.

아내의 눈에는 그것이 '곰'으로 보였던 것이다. 놀란 아내는 뒤로 물러서다 현관 계단에서 넘어졌고, 입술이 계단 모서리에 부딪혔다. 피가 흐른 이유였다. 곰은 없었다. 하지만 공포는 진짜였다.

응급실의 불빛

우리는 곧바로 병원으르 향했다. 응급실 문이 열리자, 밝은 형광등 불빛이 쏟아졌다. 간호사들이 빠르게 다가왔다.

"여기 앉으세요."

아내를 침대에 눕혔다. 의사가 상처를 살폈다. 젊은 여자 의사였다. 그녀는 차분한 목소리로 말했다.

"괜찮아요. 상처는 잘 아물 겁니다."

그리고 바늘과 실을 꺼냈다. 상처를 꿰매는 동안 그녀는 계속 아내에게 말을 걸었다.

"조금 따끔할 거예요."

"거의 끝났어요."

나는 문 앞에 서서 그 장면을 바라봤다. 이상하게도 마음이 편안해졌다.

한국의 응급실은 늘 전쟁터 같았다. 사람들은 다급했고, 분위기는 늘 긴장으로 가득했다. 그런데 이곳은 달랐다. 아픈 사람을 돌보는 일이 이렇게 차분하고 다정할 수도 있다는 걸 그날 처음 느꼈다.

"비용은 없습니다"

그리고 아내는 퇴원했다. 입술의 상처는 깔끔하게 봉합되어 있었다.

나는 계산대로 걸어갔다. 머릿속이 복잡했다. 응급실 치료, 봉합수술, 입원. '얼마나 나올까?' 수백 달러는 분명할 것 같았다. 어쩌면 천 달러가 넘을지도 모른다. 계산대 직원이 서류를 보더니 미소를 지었다.

"비용은 없습니다."

나는 순간 말을 이해하지 못했다.

"네?"

직원이 다시 말했다.

"입원비도, 치료비도 없습니다. 의료보험이 적용됩니다. 건강보험 카드만 확인하면 됩니다."

서류에는 숫자가 찍혀 있었다.

나는 잠시 말을 잃었다. 그 숫자를 바라보며 의자를 붙잡아야 했다. 그것은 단순한 돈 문제가 아니었다. 국가가, 사회가, 내 아픔을 함께 책임져 주는 느낌이었다. 돈 걱정 없이 아플 수 있다는 것, 그 평안이 얼마나 큰 것인지 나는 그날 처음 알았다.

캐나다에서 우리는 3개월에 한 번씩 보험료를 냈다. 240달러. 한 달로 계산하면 80달러 정도였다. 그 돈으로 응급실도, 입원도, 수

술도 걱정 없이 진행할 수 있었다. 마치 보이지 않는 안전망 같았다. 넘어져도 누군가 받아 줄 것 같은 느낌.

미국에서 마주한 또 다른 현실

몇 년 뒤, 나는 미국으로 근무지를 옮겼다. 선진국. 세계 최강의 나라. 하지만 가장 먼저 부딪힌 것은 의료비였다. 보험료가 매달 1,000달러가 넘었다. 그래도 병원에 가기 전 늘 확인해야 했다.

"이 병원은 보험 네트워크 안에 있나요?"

"이 의사는 보험 적용이 되나요?"

"본인 부담금이 얼마인가요?"

병원에 가는 일이 마치 계산 문제를 푸는 것 같았다.

500달러짜리 구급차

어느 날, 우리 부서 직원이 사무실에서 쓰러졌다. 우리는 911에 전화했다. 구급차가 사이렌을 울리며 달려왔다.

며칠 뒤, 그 직원이 내게 서류를 보여 주었다. 구급차 비용 500달러. 입원비는 따로였다.

그는 난감한 얼굴로 말했다.

"아직 치료 중인데 벌써 청구서가 왔습니다."

나는 그 종이를 바라보다 문득 밴쿠버의 그 밤이 떠올랐다. 아내가 쓰러졌을 때 나는 돈 걱정을 한 번도 하지 않았다. 오직 그녀의 건강만 생각했다.

권리와 서비스

그때 깨달았다. 캐나다에서 의료 권리였다. 아프면 누구나 당연히 치료받는 것. 미국에서 의료는 서비스였다. 돈을 내면 받고 돈이 없으면 어려운 것. 나는 그 차이를 몸으로 경험했다.

지금도 가끔 그날 밤을 떠올린다. 어둠 속에서 뛰어나갔던 순간. 계단에 쓰러진 아내. 그리고 응급실의 따뜻한 손길. 곰으로 착각했던 작은 소동이었다. 하지만 그날 내 마음에 남은 것은 다른 것이었다.

"비용은 없습니다."

그 한마디. 국가가 내 뒤에 서 있다는 느낌. 나는 그날 생각했다. 진짜 선진국은 GDP가 높은 나라가 아니라 아플 때 돈 걱정 하지 않아도 되는 나라라고.

1994년 밴쿠버의 그 밤, 곰은 없었다. 하지만 그 밤은 내가 진짜 선진국의 얼굴을 처음 본 순간이었다.

가족과 함께 떠난 로키산맥 여행

이미 먼 하늘의 별이 되셨다

육지에서 배를 타고 네 시간을 더 들어가야 닿는 고요한 섬. 사옥도 그곳에서 부모님은 논과 밭을 일구며 여덟 남매를 키우셨다. 고단했지만 말없이 버텨 온 삶이었다.

나는 다섯 아들과 세 딸 중 끝에서 둘째 막내로 태어났다. 형과 누나의 희생 덕분에 중학교에 들어가며 섬을 떠나 도시로 갈수 있었다. 어린 나이에 집을 나올 때는 미처 알지 못했다. 내가 떠난 뒤 집안 형편이 더욱 어려워졌다는 것을….

14살 어린 나이에 섬을 떠나 낯선 땅에서 밤이면 이불을 뒤집어 쓰고 눈물로도 지워지지 않는 그리움을 품었다. 학비와 하숙비를 어렵게 마련해 먼 길을 찾아오셨던 어머니가 되돌아가실 때면 골목 끝까지 따라가 울었다. 어머니도 얼굴을 감추며 옷자락으로 눈물을 훔치시던 모습이 지금도 생생하다. 부모님은 그 모든 것을 내게 내주셨다. 그러나 내가 비로소 효도를 다짐했을 때, 두 분은 이미 먼 하늘의 별이 되어 있었다.

사회인이 되어 하나둘 성취를 이룰수록 마음 한편은 이상하게 비어 갔다. '이제는 효도할 수 있는데…' 정작 그 기쁨을 함께 나눌 부모님이 곁에 없다는 사실이 오래도록 나를 붙들었다.

1993년, 캐나다 밴쿠버에서 근무하던 시절. 잘 가꿔진 공원과 고요한 바닷가를 거닐 때마다 이런 생각이 들었다. '아버지, 어머니를 이곳에 모셨다면 얼마나 좋아하셨을까? 아들이 해외에서 이렇게 살고 있다는 걸 보셨다면 얼마나 흐뭇해하셨을까…' 그 생각 끝에는 늘 눈시울이 붉어졌다. 이루지 못한 효도에 대한 후회는 시간이 갈수록 더 깊어만 갔다.

그래서 다짐했다. 부모님께 하지 못한 효도 대신, 아내의 부모님이자 나의 장인, 장모님께 정성을 다하기로 마음먹었다.

장인, 장모님과 함께 떠난 로키산맥 여행

1994년, 나는 그 다짐을 행동으로 옮겼다. 평생 한국을 떠나본 적 없으신 장인, 장모님을 캐나다로 초청했다. 큰 처남도 동행하셨다. 공항에 도착하신 세 분의 눈에는 낯섦과 설렘이 함께 담겨 있었고, 그 모습에서 나는 문득 돌아가신 부모님의 얼굴이 겹쳐 보았다.

내가 직접 운전대를 잡고 떠난 2박 3일간의 여행. 목적지는 캐나다 로키산맥이었다.

밴쿠버에서 자스퍼까지, 자동차로 꼬박 여덟 시간. 렌트카로 빌린 승합차엔 장인 장모님과 처남 그리고 우리 부부와 아이들 총 7명이 한 차에 몸을 실었다.

차가 도시를 벗어나 고속도로를 달릴 때 창문 너머로 세상은 서서히 다른 얼굴을 드러냈다. 인공의 선이 사라지고, 자연의 숨결이 길을 메웠다.

차창에 비친 산과 들은 말 그대로 천국 같았다. 끝을 알 수 없는 산맥은 묵묵히 서 있었고, 햇살을 머금은 숲은 바람에 따라 숨을 쉬었다. 어느 순간 나타난 에메랄드빛 호수는 현실의 색이라고 믿기 어려울 만큼 신비롭고, 수천 년의 시간을 품은 빙하는 금방이라도 쏟아져 내릴 듯 웅장하게 다가왔다.

깊게 팬 산줄기 바위틈에 숨어 있는 캐니언을 내려다보며, 인간의 시간은 얼마나 적은지 새삼 깨닫게 되었다.

길가에서 마주친 동물들조차 이 여행의 일부였다. 마치 "어서 오라"고 인사하듯 태연하게 길을 건너던 곰, 산양, 사슴 등 야생의 모습 앞에서, 우리는 모두 말을 잃었다. 여기는 사람이 자연을 구경하러 오는 곳이 아니라, 자연 속에 잠시 허락받고 들어오는 공간처럼 느껴졌다.

평소 말수가 적으신 장인, 장모님도 그날만큼은 달랐다.

"와…"

"이런 곳이 다 있네…"

짧은 감탄사가 차 안을 채웠다. 그 한마디 한마디가, 긴 설명보다 더 깊이 마음에 남았다. 아무 말 없이 창밖을 바라보시던 두 분의 옆모습에서, 이 여행이 얼마나 큰 선물인지 조용히 느껴졌다.

'친아버지, 어머니가 함께 이곳에 계셨다면, 어떤 눈빛으로 이 장대한 풍경을 바라보셨을까?'

'딸을 낳으면 비행기를 탄다'는 옛말이 이 깊은 경험으로 내 가슴속에 박혔다. 나는 아들이지만 친부모님을 모시지 못한 대신 장인, 장모님을 모시며 사랑과 존경을 전하는 기회였다. 그곳에서 두 분이 웃는 모습은 나에게 '아들'의 역할을 할 수 있도록 허락한 축복이었다. 친부모님의 빈자리 못지않은, 또 하나의 아름다운 '효'의 빛깔이었다.

로키산맥 에메랄드빛 호수 레이크 루이스

소중한 자산

세월은 흘러 어느덧 30년을 훌쩍 넘어섰다. 그때의 장인, 장모님도 이젠 하늘의 별이 되어 우리 곁을 떠나셨지만, 그 여행의 기억은 내 가슴 한편에서 조용히 숨 쉰다.

책장 깊숙이 감춰진 낡은 사진첩 속 반짝이는 그 순간들. 루이스 호수 앞 환한 미소, 산 위에서 내려다보시며 흐뭇한 미소를 보이고 계신 장인어른의 모습. 그 모든 감정과 풍경이 다시금 숨결이 되어 내 마음을 두드린다.

사진첩은 단순한 기록물이 아니다. 미처 다 전하지 못한 마음과 최선을 다한 마음의 흔적이 고스란히 살아 있는 공간이다. 그날의 자연과 웃음, 그리고 그리움은 여전히 내 삶 속에 살아 숨 쉬고 있다.

그래서 나는 오늘도 다짐한다. 후회하지 말고, 사랑은 미루지 말자고. 그리움도 때를 기다리지 않고 바로 지금, 이 순간 함께 느끼고 전하자고.

"그때, 함께할 수 있어 참으로 행복했습니다."

캐나다가 가르쳐 준 여유와 질서

밴쿠버에서 보낸 시간은 나에게 한 가지 중요한 질문을 남겼다. '진짜 잘사는 나라는 어떤 나라일까?'

처음에는 경제 규모나 화려한 도시를 떠올렸지만, 시간이 지나면서 생각이 달라졌다. 밴쿠버에서 내가 본 진짜 선진국의 모습은 여유와 질서 속에서 살아가는 사람들의 태도였다.

밴쿠버 사람들은 높은 아파트보다 단독 주택을 더 선호한다. 도심의 고층 건물 속에서 빽빽하게 사는 것보다, 조금 멀더라도 마당이 있는 집에서 자연과 함께 조용히 살아가는 삶을 택한다. 그래서 도시가 크게 성장했음에도 밴쿠버는 여전히 숨 쉴 공간이 많은 도시로 남아 있다.

흥미로운 점은, 경제적으로 여유가 생기면 도심으로 들어오는 것이 아니라 우리와 달리 오히려 숲이 우거진 외곽으로 이사한다는 사실이다. 자연 속에서 살아가는 삶을 더 가치 있게 여긴다. 우리는 흔히 번화가 중심으로 모여들지만, 그들은 한 발짝 물러나 자연 속에서 삶의 균형을 찾는다.

이런 가치관은 도시 정책에서도 나타난다. 정부가 새로운 개발을 추진해도 주민들은 교통 혼잡이나 생활 환경 악화를 이유로 반대하기도 한다. 단순히 경제적 이익만으로 도시의 미래를 결정하지 않는 것이다. 그들에게 도시는 돈을 벌기 위한 공간이기 이전에 사람이 살아가는 공간이다.

이 도시에서 내가 가장 인상 깊게 본 장면 중 하나는 라이온즈 게이트 브리지 앞의 긴 차량 행렬이었다. 출퇴근 시간, 다리 앞에는 늘 차들이 길게 늘어섰다. 그러나 신기하게도 끼어드는 차량이 거의 없었다. 모두가 묵묵히 차례를 기다렸다. 누군가 규칙을 강요해서가 아니었다. 그저 서로의 차례를 존중하는 작은 배려였다.

밴쿠버 라이온즈 게이트 브리지

나는 그 장면을 보며 깨달았다. 질서는 법으로만 만들어지는 것이 아니라, 시민들의 습관과 문화 속에서 만들어진다는 것을.

캐나다 사회는 삶의 기본 조건도 비교적 안정되어 있다. 대학 등록금은 많은 나라에 비해 비교적 낮고, 의료 서비스 역시 국민에게 큰 부담이 되지 않는다. 노후에는 안정적인 연금 제도가 있어 많은 사람들이 최소한의 생활 걱정 없이 노년을 보낼 수 있다.

그래서인지 사람들의 삶의 표정이 조급하지 않다. 당장 모든 것을 이루지 않아도 된다는 삶의 여유가 느껴진다.

그리고 무엇보다도 밴쿠버의 자랑은 자연이다. 맑은 공기, 눈 덮인 산, 푸른 바다 그리고 계절마다 달라지는 숲의 색깔. 이 도시 사람들은 그 자연을 개발의 대상이 아니라 함께 지켜야 할 삶의 환경으로 생각한다.

나는 밴쿠버에서 한 가지 중요한 교훈을 배웠다. 선진국이란 단순히 경제가 발전한 나라가 아니라 사람들이 여유롭게 살아갈 수 있도록 사회가 설계된 나라라는 것을. 그리고 질서란 강한 통제에서 오는 것이 아니라 서로를 배려하는 작은 습관에서 시작된다는 것도 알게 되었다.

밴쿠버에서 보낸 시간은 나에게 묻고 있었다. 우리는 과연 얼마나 빠르게 가느냐를 고민하고 있지만, 정작 어떻게 살아야 하는지에 대해서는 충분히 생각하고 있는가?

그 도시의 바다와 숲을 떠올릴 때마다 나는 여전히 그 질문을 다시 생각하게 된다.

제6부

미국,
세계 자동차 산업의 심장에서

디트로이트,
그 치열한 시장의 기억

해외 시장에서 오래 버텨 본 주재원이라면 누구나 마음속에 한 두 개쯤의 이야기를 품고 산다. 낯선 기업과 부딪치며 얻은 정보, 현장에서 몸으로 익힌 노하우. 그것들은 학교에서도, 교과서에서도 배울 수 없는 것들이다. 현장에서만 얻을 수 있는 지식이다. 하지만 이런 경험은 기록되지 않는 경우가 많다. 시간이 흐르면 자연스럽게 잊힌다. 그렇게 사라지기에는 아까운 이야기들이 적지 않다.

그래서 나는 그 시절의 일을 조용히 꺼내 보기로 했다. 해외 시장을 개척하며 겪었던 일들, 그리고 그 속에서 배웠던 작은 전략과 교훈들 말이다.

나는 2000년 10월, KOTRA 디트로이트 무역관에 부임했다. 2004년 1월까지, 정확히 3년 6개월 동안 그곳에서 무역관장으로 일했다. 그때 한국 자동차 산업은 여전히 힘겨운 시간을 지나고 있었다. Asian Financial Crisis의 후유증이 산업 곳곳에 남아 있었다.

자동차 부품업체들이 줄줄이 쓰러졌다. 버틴 기업들도 상황은 크게 다르지 않았다. 살아남기 위해서는 새로운 길을 찾아야 했다.

그 길은 대부분 해외로 이어졌다. 디트로이트는 자동차 산업의 심장 같은 도시였다. 나는 그 사실을 정면으로 활용하기로 했다.

무역관의 모든 역량을 자동차 부품 수출 지원에 집중했다. 지방자치단체와 협력해 사업 예산을 마련했다. 그리고 북미에서는 처음으로 한국 자동차부품 단독 전시회를 열었다. 거기서 멈추지 않았다. General Motors, Ford Motor Company, Chrysler, 이른바 미국 자동차 산업의 Big 3를 상대로 다양한 시도를 했다. 구매 사절단을 한국으로 초청했고, General Motors Plaza 행사도 열었다.

기업 고위층과의 면담을 통해 기삿거리를 만들었고, 무역관 안에는 자동차 부품 수출 전담반을 따로 꾸렸다. 필요하면 바이어를 직접 찾아가 문을 두드렸다. 방법은 단순했다. 기다리지 않는다. 먼저 움직인다. 그런 노력들이 조금씩 결과를 만들기 시작했다.

디트로이트 다운타운 스카이라인

부임한 지 2년이 지나자, 본사 파견 인원이 두 배로 늘었다. 무역관에서는 2년 연속 국구총리상 수상자도 나왔다.

지금 돌아보면, 그때의 경험은 한 편의 긴 시장 수업이었다. 나는 그 시절을 잊지 않기 위해 그대로의 이야기들을 남겨 두기로 했다.

미국 시장, 선택이 아니라 생존

한국 기업에게 미국 시장이 왜 중요한가?

2001년 3월, 미국 자동차 산업의 분위기는 예전 같지 않았다. 한때 세계를 지배하던 자동차 왕국이 서서히 내리막을 걷고 있었다. 그 중심에는 세 회사가 있었다. General Motors, Ford Motor Company, Chrysler. 이른바 미국 자동차 Big 3였다.

위기는 이들의 전략을 바꾸기 시작했다. 그동안 유지해 오던 부품 조달 방식이 흔들렸다. 예전에는 달랐다. 거래선은 대부분 자국 기업이었다. 오랫동안 이어진 고정 거래였다.

하지만 상황이 바뀌었다. 이제 기준은 단 하나였다. 품질과 가격. 국적은 더 이상 중요하지 않았다. 해외 기업이라도 품질이 좋고 가격이 경쟁력이 있으면 협력하겠다는 방침이었다. 이 변화는 한국 자동차 부품업계에 작지 않은 기회였다.

당시 한국 기업들도 변하고 있었다. Asian Financial Crisis 이후, 업계의 시선이 크게 달라졌기 때문이다. 이제 좁은 국내 시장만 바라봐서는 성장을 기대하기 어려웠다. 해외 시장 진출은 선택이 아니라 생존 전략이 되었다.

기회는 기다리지 않는다

이런 흐름을 보며 나는 한 가지 생각을 했다. 지금이 기회다. 기회는 기다려 주지 않는다. 잡아야 한다. 그래서 바로 움직였다.

'쇠뿔도 단김에 빼라.'

그 말이 머릿속에 떠올랐다.

크라이슬러 부품 구매
총책임자를 만나다

미국에서 자동차 업계의 Big 3 바이어를 만나는 일은 결코 쉬운 일이 아니다. 특히 1990년대 후반에서 2000년대 초반, 미국 자동차 산업은 절정의 호황을 누리고 있었다. General Motors, Ford Motor Company, Chrysler. 이 세 회사의 바이어들은 세계 공급 업체들이 가장 만나고 싶어 하는 사람들이었다.

그들의 태도는 단단했다. 그리고 한국 부품에 대한 평가는 냉정했다. 한국 부품은 값은 싸다. 하지만 품질은 의심스럽다. 당시 미국 업계에 퍼져 있던 인식이었다. 게다가 부품 조달 구조도 폐쇄적이었다. 오랫동안 거래해 온 업체들을 쉽게 바꾸지 않았다.

더 솔직한 이유도 있었다. 한국산 부품을 사용하면 미국 자동차의 고급 브랜드 이미지에 흠이 생길 수 있다는 생각. 심지어 한국 부품을 쓴다는 사실이 외부에 알려지는 것조차 꺼렸다. 이런 상황에서 한국 부품이 미국 시장에 들어간다는 것은 거의 불가능해 보였다. 그러나 시장을 포기할 수는 없었다.

나는 접근 방식을 바꿨다. 현장에서 구매를 담당하는 직원이 아니라 구매 조직의 윗선을 만나기로 했다. 현장의 직원들은 안정적인 거래를 선호했다. 이미 익숙한 업체가 있었기 때문이다.

하지만 경영진의 시선은 조금 달랐다. 그들의 관심사는 결국 하나였다. 비용 절감. 그래서 나는 결심했다. Big 3의 구매 총책임자를 직접 만나 보기로 했다.

물론 쉬운 일이 아니었다. 그들은 세계 각국 공급업체들이 줄을 서서 만나고 싶어 하는 인물들이었다. 일정은 늘 빽빽했고, 기업의 위상도 높았다. 한국의 한 무역관장이 면담을 요청한다고 해서 쉽게 문이 열릴 리 없었다. 게다가 그때는 KOTRA라는 이름조차 그들에게 낯설었다.

나는 작은 전략을 하나 세웠다. 면담 신청자의 직함을 '무역관장'이 아니라 상무관으로 바꾸는 것이었다. 미국 이외의 나라에서는 무역관이 대사관의 법적 지위를 가지고 상무관 역할을 하고 있기 때문이다.

당시 나는 부임한 지 겨우 4개월. 나이는 40대 초반이었다. 상대는 세계적인 자동차 그룹의 부회장. 지금 생각하면 조금은 무모한 도전이었다. 그래도 그때 나는 이렇게 믿고 있었다. 아는 것이 힘이 아니라 실천하는 것이 힘이라는 것을.

면담이 성사되지 않아도 잃을 것은 없었다. 성공할 보장도 없었다. 그래도 한번 부딪쳐 보기로 했다. 그리고 뜻밖의 답장이 왔다. Tom Sidlik, Chrysler 그룹 부회장이 면담 요청을 받아들인 것이다.

그날 나는 디트로이트의 겨울 공기가 유난히 차갑게 느껴졌던 것을 기억한다. 그리고 동시에 무언가 새로운 문이 열리고 있다는 느낌도 함께 들었다. 디트로이트에서의 진짜 이야기는 바로 그 순간부터 시작되고 있었다.

고위층을 만난다는 것

면담 일정이 잡히자 마음이 먼저 분주해졌다. 이제는 준비할 차례였다. 가장 중요한 것은 자료도, 논리도 아니었다. 자세였다. 첫 만남에서 위축되면 끝이다. 문화가 다르다고, 상대가 거물이라고 눌리면 이미 절반은 진 것이다. 나는 스스로에게 몇 번이고 말했다. '당당하자.'

면담 시간은 길지 않았다. 짧은 시간 안에 상대가 부담 없이 이야기하도록 만드는 것이 중요했다. 그래서 목표를 단순하게 정했다. 하나는 한국 자동차 부품에 대한 그들의 진짜 생각을 듣는 것. 또 하나는 Chrysler의 구매 정책을 정확히 파악하는 것. 그것이면 충분했다.

며칠 뒤 나는 디트로이트 북서쪽에 있는 Auburn Hills로 향했다. 그곳에는 Chrysler 본사가 있었다.

본사 메인 빌딩 5층 접견실. 그곳에서 첫 만남이 이루어졌다. 우리 쪽은 단출했다. 나와 본사에서 파견된 과장 한 명. 반면, 크라이슬러 측은 예상 밖이었다. 배석자가 없었다. 부회장 혼자였다.

잠시 후, 문이 열렸다. Tom Sidlik. 세계적인 자동차 그룹의 부회장이 조용히 접견실로 들어왔다. 나는 순간 긴장했다. 하지만 그의 첫인사는 의외였다. 부드러웠다. 친절했다. 그는 자연스럽게 이야기를 풀어 주었다. 덕분에 접견실의 공기도 금세 편안해졌다.

면담은 약 30분 정도 이어졌다. 그리고 그 자리에서 뜻밖의 이야기가 나왔다. Chrysler는 한국 자동차 부품에 대해 생각보다 긍정적인 인식을 가지고 있다는 것이었다.

더 놀라운 말도 이어졌다. 기존 부품 공급선 가운데 약 35%를

Chrysler Auburn Hills 본사

한국 업체로 교체할 수도 있다는 이야기였다. 나는 순간 귀를 의심했다.

그는 이유도 설명했다. 최근 값싼 일본 자동차가 시장을 빠르게 잠식하고 있다는 것이다. 그래서 원가 절감이 절실했다.

이미 회사는 움직이고 있었다. 기존 980개 부품 거래선을 상대로 2001년부터 매년 5%씩 3년간 총 15% 가격 인하를 요구하고 있다는 것이다. 그 결과도 흥미로웠다. 거래선의 65%는 가격 인하에 동의했다. 하지만 35%는 아직 답이 없었다. 그는 담담하게 말했다.

"그 업체들은 앞으로 1년 안에 한국 업체로 교체될 수도 있습니다."

그 말은 단순한 설명이 아니었다. 특급 정보였다. 면담이 끝나자마자 나는 곧바로 움직였다. 내용을 정리해 보도 자료를 만들었다. 국내 경제지에 배포했다. 기사 제목은 강렬했다.

'한국 자동차 부품 대미수출 청신호.'
'세계 최대 미국 자동차 부품 시장이 열린다.'

　당시는 Asian Financial Crisis 이후 국내 자동차 부품업계가 가장 힘든 시기를 지나던 때였다. 그 기사들은 업계에 작은 희망을 던졌다. 그리고 시선이 하나둘 디트로이트로 모이기 시작했다. 나에게도 그 면담은 특별했다.

　그날 나는 한 가지를 깨달았다. 세상에는 못 만날 사람이 있는 것이 아니라 아직 만나지 않았을 뿐인 사람이 있을 뿐이라는 것을.

　그 뒤로 생각이 바뀌었다. '누구든지 만날 수 있다.'

　그리고 곧 이렇게 바뀌었다. '이제는 누구든지 만나야 한다.'

　그 다짐은 곧 행동이 되었다. 나는 General Motors 구매 담당 부회장을 만났고, Ford Motor Company 고위층도 만났다. 또 Tier 1, Tier 2 부품 업체 바이어들과 교류를 넓혔다. 그 결과, Big 3 구매 사절단의 한국 방문이 성사됐다.

　그리고 마침내 디트로이트의 General Motors 공장 앞마당에서 한국 자동차 부품 단독 전시회가 열렸다. 디트로이트에서 한국 기업들의 이름이 조금씩 들리기 시작한 순간이었다.

기회는 기다려 주지 않는다

무엇을 할 것인가? 답은 분명했다. 미국 현지에서 한국 자동차 부품 전시회를 여는 것. 전시회는 가장 직접적인 방법이었다. 말로 설명하는 것보다 제품을 직접 보여 주는 것이 훨씬 빠르다. 현지 바이어들도 점점 까다로워지고 있었다. 품질은 기본이었다. 가격 경쟁력도 필수였다.

한국 자동차 부품의 실력을 눈앞에서 증명할 기회였다.

미국 시장 공략, 선택이 아닌 필수: 디트로이트에서 시작된 첫 도전

전시회를 미국에서 연다는 생각은 분명 매력적인 계획이었다. 하지만 문제는 늘 현실이었다. 예산이 없었다. 사업 계획은 보통 전년도 말에 확정된다. 그런데 이 아이디어는 갑자기 나온 것이었다. 이미 새해가 시작된 지 세 달이 지나 있었다. 이 시점에서 KOTRA 본사에서 새 예산을 받는 것은 사실상 불가능했다. 그래서 다른 길을 찾아야 했다.

눈에 들어온 곳이 있었다. 경기도. 당시 경기도에는 자동차 부품 업체들이 많이 모여 있었다. 재정 여건도 비교적 여유가 있었다.

나는 평소 연락이 닿던 핫라인을 통해 당시 경기도지사였던 Lim

Chang-Ryul에게 직접 접근했다. 다행히 도지사는 자동차 부품 수출에 큰 관심을 보였다. 그리고 곧 결단이 내려졌다. 경기도 추경예산에 우리 사업을 반영하기로 한 것이다. 그 덕분에 디트로이트에서 북미 최초의 한국 자동차 부품 단독 전시회인 '경기도 북미 자동차부품 전시회'를 개최할 수 있게 되었다.

실무진의 걱정

하지만 모든 사람이 낙관적인 것은 아니었다. 경기도 실무진은 걱정이 많았다. 겉으로는 반대하지 않았다. 도지사의 지시였기 때문이다. 그러나 속내는 달랐다. 우려가 컸다. 이 사업은 난이도가 높았다. 성과도 확실하지 않았다. 무엇보다 북미에서 처음 시도되는 행사였다. 500평 규모 전시장을 빌려 해외에서 단독 전시회를 여는 것. 당시로서는 매우 큰 도전이었다. 게다가 우리 무역관 인력은 많지 않았다. 국내 자동차 부품 전문가들조차 회의적인 반응을 보였다.

"미국 진출은 아직 시기상조다."

그런 말도 들렸다.

도전이라는 선택

솔직히 말하면 경기도 실무진의 걱정은 이해할 수 있었다. 이 사업은 우리가 먼저 제안한 일이었다. 만약 실패한다면 그 책임은 우리만의 문제가 아니었다. 경기도 실무자들도 자유로울 수 없었다. 하지만 이미 주사위는 던져져 있었다. 지사의 지시가 내려졌고 사업은 시작되었다. 이제 뒤로 물러설 수는 없었다. 앞으로 가는 길

밖에 없었다.

지금 생각하면 그때 우리는 꽤 무모했다. 어쩌면 무식해서 용감했던 것인지도 모른다. 두려움 속에서 나 역시 두려움이 없었던 것은 아니다. 전시장 설치, 전시품 통관, 홍보, 투자 세미나, 개막 행사. 이런 일들은 자신이 있었다. 과거 KOTRA 본사에서 전시 부장으로 일한 경험이 있었기 때문이다.

하지만 한 가지가 문제였다. 바이어 유치. 현지 직원들도 경험이 거의 없었다. 게다가 나는 디트로이트에 부임한 지 고작 5개월 차였다. 현지 바이어들의 성향도 아직 충분히 파악하지 못한 상태였다.

임시 전담반

그래서 새로운 방법을 택했다. 임시 전담반을 만들기로 했다. 바이어 유치에 모든 역량을 집중하기로 했다. 임시직 세 명을 뽑았다. 경험 많은 사람을 찾고 싶었다. 하지만 미국에서 놀고 있는 전문가를 찾는 것은 쉽지 않았다.

결국 구성은 이렇게 됐다. 두 명은 한국에서 이민 온 20~30대 가정주부였다. 나머지 한 명은 한국에서 직장을 다니다가 늦게 유학 온 30대 중반의 휴학생이었다. 솔직히 말하면 완벽한 팀은 아니었다. 하지만 선택의 여지가 없었다. 이 세 사람이 전시회의 성패를 좌우할, 우리의 유일한 희망이었다.

갑과 을이 바뀌는 순간

사업이 시작되자, 예전에 우려를 표시하던 경기도 실무진에게서 전화가 왔다. 목소리는 의외로 진지했다.

"행사가 실패하면 같이 죽습니다."

농담 같기도 했고, 진심 같기도 했다. 그리고 이어졌다.

"적극적으로 지원하겠습니다. Fighting!"

그 순간, 묘한 기분이 들었다. 어쩌면 갑과 을이 바뀌는 순간이었는지도 모른다. 하지만 그 전화는 나에게 다른 감정을 남겼다.

책임감

어깨가 더 무거워졌다. 이제 남은 것은 실행. 모든 준비가 끝났다. 전시장도 준비됐다. 전시품도 출발했다. 홍보도 시작됐다. 그리고 이제 남은 것은 하나였다. 현장. 성공이냐, 실패냐. 그 결과는 이제 전담반의 노력과 현장에서의 실행력에 달려 있었다. 디트로이트의 시간이 조용히 흘러가기 시작했다.

디트로이트 GM 본사

바이어한테 배운 협상의 기술

바이어 유치, 예상 밖의 시작

박람회를 약 두 달 반 앞둔 어느 날이었다. 이제 진짜 싸움이 시작됐다. 바이어 유치. 전시회가 아무리 좋아도 사람이 오지 않으면 아무 의미가 없다.

방법은 교과서에 나와 있었다. 서큘러 레터 발송. Sales Call. 이메일 연락. 사무실 방문 상담. 홍보 활동. 그 가운데 가장 손쉬운 방법이 있었다. 이미 확보해 둔 바이어 명단을 이용해 서큘러 레터를 보내는 것이었다.

우리는 약 5,000명의 바이어에게 초청장을 발송하기로 했다. 하루에 500통씩 편지가 나갔다. 며칠이 지나면 전화가 오고 참석 문의가 이어질 것이라고 생각했다. 하지만 현실은 달랐다. 조용했다. 너무 조용했다. 회신은 거의 없었다. 이메일은 대부분 스팸으로 처리됐다. 우리가 보낸 메시지는 어딘가에서 조용히 사라지고 있었다.

방문도 쉽지 않은 나라

그렇다고 바이어 사무실을 찾아갈 수도 없었다. 미국에서는 사전 약속이 없으면 사무실에 들어갈 수 없다. 한국식으로 "잠깐 들렀습니다." 이런 방식은 통하지 않는다. 그래서 남은 방법은 하나였다. 전화.

Sales Call의 시작

행사를 위해 임시직 직원 세 명이 채용돼 있었다. 나는 그들에게 부탁했다. Sales Call을 시작하자고. 그리고 두툼한 전화번호부를 한 권씩 나누어 주었다.

문제는 간단했다. 그들 역시 미국 비즈니스 경험이 없었다. 영어도 능숙한 수준은 아니었다. 낯선 바이어에게 무작정 전화를 걸어 "전시회에 와 주십시오." 이 말을 어떻게 꺼낼 것인가?

그래서 우리는 훈련부터 시작했다. 나는 A4 두 페이지 분량의 바이어 유치 안내문을 만들었다. 영문이었다. 그 문장을 전담 직원들에게 외우게 했다. 그리고 모든 직원 앞에서 발표 연습을 했다. 마치 작은 연극 같았다. 전화기 대신 사람을 바이어로 세워 놓고 설득 연습을 했다. 목소리 톤, 말의 속도, 설득 방식. 우리는 하나씩 다듬어 갔다.

이 일은 우리 무역관의 사활이 걸린 문제였다. 다행히 직원들은 누구 하나 불평하지 않았다. 모두 배우는 자세였다.

냉혹한 현실

준비가 끝났다. 이제 전화기를 들 차례였다. 전담 직원들은 조금씩 용감해졌다. 그리고 첫 전화를 걸기 시작했다. 하지만 현실은 생각보다 훨씬 냉정했다. 전화를 걸면 80%는 음성 메시지로 연결됐다. 어쩌다 사람이 받으면 인사말도 끝내기 전에 "Sorry."라는 말이 돌아왔다. 그리고 전화는 끊겼다.

직원 한 사람이 하루에 100~200통 전화를 걸었다. 그 가운데 대화가 가능한 경우는 고작 3~4건. 그마저도 Big 3 바이어가 아니라 대부분 Sales Rep, 즉 마케팅 대행사였다.

실전에서 배우는 법, 패턴을 찾다

행사 날짜는 하루씩 다가오고 있었다. 마음은 점점 조급해졌다. 그래서 우리는 매일 3시간 간격으로 회의를 했다. 전화 결과를 공유했다. 바이어 반응을 분석했다. 그렇게 하나씩 패턴이 보이기 시작했다.

미국 바이어의 전화 습관 중 첫 번째 발견은 이것이었다. 미국 바이어들은 '업무 피크 타임(09:30~15:30)'에는 외부 전화를 거의 받지 않는다. 전화벨이 울려도 그냥 둔다. 대신 '출근 시간(07:00~09:30)', '퇴근 전(15:30~16:30)', 이때는 전화를 받는 경우가 많았다.

나중에 바이어 사무실을 방문했을 때 나는 직접 그 장면을 보았다. 누군가와 대화를 하는 중인데, 옆에서 전화벨이 울렸다. 하지만 아무도 받지 않았다. 한국에서는 상상하기 어려운 풍경이었다. 우리는 늘 '전화벨 세 번 울리기 전에 받기'와 같은 문화 속에서 일해 왔기 때문이다.

이 사실을 알게 되자, 우리는 바로 방식을 바꿨다. 직원들의 출근 시간을 한 시간 앞당겼다. 그리고 업무 시간에는 전화하지 않고 출퇴근 시간에 집중적으로 Sales Call을 하기로 했다.

Sales Rep라는 길

또 하나 중요한 사실이 있었다. Sales Representative. 이들은 단순한 대행사가 아니었다. 공급업체를 대신해 제품을 판매하는 세일즈 에이전트였다. 그리고 바이어들과 아주 긴밀한 관계를 가지고 있었다. 이들을 통해 바이어 정보를 얻을 수 있었고, 전시회 초청도 훨씬 쉬워졌다.

조금씩 보이기 시작한 길

방법을 바꾸자 결과도 바뀌기 시작했다. 전담 직원들은 하루 100~200통씩 전화를 걸었다. 시간이 지나면서 그들의 목소리는 점점 자연스러워졌다. 설득도 능숙해졌다. 두 달이 지나자, 그들은 이제 거의 전문 세일즈맨이 되어 있었다.

그리고 전시회, 마침내 열린 행사

직원들의 노력은 결국 결과로 이어졌다. 전시회 세미나에는 200명의 투자가가 참석했다. 전시장에는 1,000여 명의 바이어가 방문했다. 행사는 성황리에 열렸다.

현장에서 걸려온 전화

그날 행사장에는 Lim Chang-Ryul 경기도지사가 직접 방문했다. 공무원과 기자단 20여 명도 함께였다. 행사를 둘러본 뒤 지사는 현장에서 전화를 걸었다. 상대는 Oh Young-Kyo 코트라 사장이었다. 그는 전시회의 성공을 직접 알렸다. 현장에서 만족감을 표현했다.

가장 기뻐한 사람

처음 이 사업을 시작할 때 걱정이 많았던 사람이 있었다. 당시 경기도 수출과장이었던 Hwang Sung-Tae 역시 행사를 지켜보고 있었다. 그리고 누구보다 기쁜 표정을 지었다. 처음에는 사업 난이도가 높다며 걱정을 많이 했던 사람이었다. 그래서 그의 웃음이 더 인상적이었다.

남겨진 것

이 전시회 이후, 우리 무역관의 위상은 확실히 달라졌다. 경기도와의 공동 사업도 계속 이어졌다. 전시회에 왔던 바이어들은 지속적으로 관리되었다. 그들은 무역관의 소중한 자산이 되었다.

그리고 또 하나의 이야기가 남았다. 전시회를 위해 임시직으로 일했던 세 명의 직원 중 행사가 끝난 뒤 2명이 우리 무역관의 정식 현지 직원이 되어, 1~2년 동안 더 근무했고, 그 후 한국 기업들로부터 실력을 인정받아, 두 사람 모두 현지 지점장으로 특채되었다.

돌이켜 보면 그 전시회는 많은 사람의 손으로 만들어졌다. 현장에서 땀 흘린 직원들 그리고 이 사업을 믿어 준 Lim Chang-Ryul 지사와 Hwang Sung-Tae 수출과장. 그분들에게 지금도 감사한 마음이 남아 있다.

디트로이트에서의 그 전시회는 단순한 행사가 아니었다. 그것은 사람들이 만들어 낸 작은 기적이었다.

먼저 가는 사람이 길을 만든다

내가 디트로이트에 부임했을 때의 무역관은 지금과 비교하면 아주 소박했다. 당시 디트로이트 무역관은 막 Spoke 조직, 즉 1인 조직망에서 무역관으로 승격된 상태였다. 이름은 무역관이었지만 규모는 작았다. 직원은 단 세 명. 무역관장인 나와 현지 직원 두 명이 전부였다. 훗날 인원이 늘어 여덟 명까지 확대되었지만, 초창기에는 모든 일이 빠듯했다. 업무 여건도 다른 무역관에 비해 넉넉하지 않았다.

당시 KOTRA가 역점 사업으로 추진하던 지사화 사업도 디트로이트에서는 반응이 미미했다. 참여 기업은 고작 두 곳. 국내 기업들의 관심은 그만큼 낮았다.

그렇지만 도시만큼은 전혀 작지 않았다. 디트로이트는 세계 자동차 산업의 심장 같은 곳이었다. 이 도시에는 General Motors, Ford Motor Company, Chrysler. 미국 자동차 Big 3의 본사와 핵심 공장이 자리 잡고 있었다. 그 주변에는 약 3,000개의 부품 회사들이 빽빽하게 모여 있었다. 이른바 Tier 1, Tier 2 부품 기업들이었다.

이들이 형성한 자동차 산업 클러스터는 규모부터가 달랐다. 완성차 조립에 필요한 부품 구매액만 해도 연간 1,600억 달러에 달했다. 이 숫자를 처음 접했을 때 나는 잠시 말을 잃었다. 그리고 이런 계산을 해 보았다. '만약 한국 기업들이 이 시장의 10%만 공급한다면? 160억 달러.' 단 5%만 차지해도 80억 달러였다. 물론 어디까지나 가정이었다. 하지만 그 숫자를 떠올리면 가슴이 뛰었다. 솔직히 말하면 군침이 돌 정도였다.

문제는 현실이었다. 당시 한국 자동차 부품의 대미 수출 규모는 연간 1억 달러도 되지 않았다. 거대한 시장 앞에서 우리의 존재감은 거의 보이지 않는 수준이었다. 현지에 진출한 한국 부품업체도 고작 다섯 개에 불과했다.

왜 이렇게 차이가 났을까? 미국 자동차 업계의 폐쇄적인 부품 조달 관행도 이유였다. 하지만 더 큰 이유는 우리 기업들의 인식이었다. 많은 기업들이 아직 내수 시장에 익숙했다. 해외 마케팅에는 적극적이지 않았다. 그 무렵 디트로이트 무역관은 단 세 명의 인력으로 국내 중소기업들의 수출 업무를 모두 지원하고 있었다.

지금 생각해 보면 조금 무모한 일이었다. 모든 산업을 다 지원한다는 것은 결국 어디에도 깊이 들어가지 못한다는 뜻이기도 했다. 말 그대로 수박 겉핥기식 지원이 될 수밖에 없었다.

그래서 결심했다. 모든 것을 하려 하지 말자. 잘할 수 있는 것 하나에 집중하자. 마케팅에는 때때로 선택과 집중이 필요하다. 인력이 제한된 조직에서는 더욱 그렇다. 한 사람이 두 마리 토끼를 동시에 잡기는 어렵다.

답은 사실 이미 눈앞에 있었다. 디트로이트는 자동차 도시였다. 산업의 70% 이상이 자동차와 연결되어 있었다. 그래서 우리는 자동차 부품을 무역관의 전략 품목으로 정했다. 그리고 그 분야에 역량을 집중하기로 했다. 자동차 부품의 종류는 무려 2만 3천 개에

달한다. 처음에는 막막했다. 어디서부터 시작해야 할지 감이 잡히지 않았다.

하지만 방법은 하나였다. 하나씩 배우는 것. 부품을 공부하고, 바이어를 만나고, 시장을 분석했다. 작은 조직이었지만 대신 깊이 파고들었다. 시간이 지나면서 조금씩 변화가 보이기 시작했다. 바이어들과의 대화도 달라졌고, 국내 기업들의 문의도 늘어났다. 우리 스스로도 어느새 자동차 부품 분야에 대한 자신감이 생기고 있었다.

돌이켜 보면, 디트로이트라는 도시가 우리에게 방향을 알려 준 셈이었다. 다른 산업이라면 Chicago나 New York City가 더 강했을 것이다. 하지만 자동차만큼은 디트로이트였다. 그래서 우리는 그 길을 선택했고, 그 선택은 예상보다 큰 의미를 갖게 되었다.

디트로이트 무역관이 시도했던 지역 산업 중심의 전문화 전략은 이후 KOTRA의 벨트 사업으로 발전했다. 해외 무역관들이 각 지역의 산업 특성에 맞춰 전문 분야를 육성하는 모델로 확산된 것이다. 지금 돌아보면 그때의 결정이 거창한 전략은 아니었다. 그저 작은 무역관이 살아남기 위해 선택한 현실적인 방법이었다. 하지만 세 사람이 시작한 작은 선택은 결국 하나의 길이 되었다.

길은 처음부터 있는 것이 아니다. 누군가 먼저 걸어가면 그곳이 길이 된다. 디트로이트에서의 시간은 나에게 그 사실을 가르쳐 주었다. 그리고 나는 그때 비로소 이 말을 마음으로 이해하게 되었다. 누군가 먼저 걸어가면 그곳이 길이 된다.

길 위에서 수출의 기회를 찾다

2003년, 나는 디트로이트에 있는 무역관에서 근무하고 있었다. 자동차 산업의 심장부라 불리는 이 도시에서 우리의 임무는 단 하나였다. 낯선 땅에서 한국 중소기업의 길을 찾는 것.

그 해 어느 날, 본사로부터 다소 긴급한 연락이 왔다.

"인천에 있는 대화연료펌프 지원 내용, 자세히 보고해 주십시오."

순간 마음이 철렁 내려앉았다. '혹시 우리 무역관의 지원이 부족해 업체에서 민원을 제기한 것은 아닐까' 하는 걱정이 앞섰다. 무역관은 국내 기업과 협약을 맺고 마치 현지 지사처럼 해외 시장 개척을 지원하는 '지사화 사업'을 운영하고 있었는데, 대화연료펌프는 우리가 특히 공을 들여 지원하던 기업이었다.

혹시 우리가 놓친 것이 있었을까? 나는 곧바로 본사에 전화를 걸어 상황을 물었다. 그리고 예상과는 전혀 다른 이야기를 듣게 되었다.

그 무렵 한국 경제는 1997년 IMF 외환 위기 이후 아직 완전히 회복되지 못해 수출이 크게 위축되어 있었다. 이를 타개하기 위해 당시 대통령이었던 노무현 대통령은 중소기업 대표들을 청와대로 초청해 수출 현장의 애로사항을 직접 듣는 자리를 마련했다고 한다.

그 자리에서 놀라운 일이 벌어졌다. 대화연료펌프의 유동욱 회장이 손을 들어 발언을 신청하더니, 우리 디트로이트 무역관의 지원 사례를 대통령에게 직접 소개했다는 것이다.

"디트로이트 무역관이 현지에서 직접 뛰어다니며 거래를 성사시켜 주었습니다."

회의장에는 산업자원부 장관과 함께 당시 오영교 코트라 사장도 참석해 있었다. 사전에 아무 보고도 없었던 이야기였기 때문에 사장 역시 적잖이 놀랐다고 했다. 좋은 이야기였지만, 전혀 모르던 사례가 대통령 앞에서 갑자기 언급되었으니 당황스러울 수밖에 없었을 것이다.

회의가 끝난 뒤, 사장은 곧바로 우리 무역관으로 연락을 했다.

"도대체 어떤 지원을 했길래 대통령에게까지 보고가 된 겁니까?"

그때 내가 설명한 이야기는 사실 거창한 전략도, 특별한 프로젝트도 아니었다. 그저 현장에서 발로 뛰다 만난 작은 기회 하나였다.

우리는 먼저 디트로이트에 있는 자동차 부품 회사 Federal-Mogul을 찾아가 상담을 진행했고, 그 결과, 대화연료펌프의 자동차 연료펌프가 미국으로 첫 선적 되는 성과를 얻었다.

하지만 대통령에게까지 전해진 이야기는 따로 있었다. 어느 날 나는 테네시주로 업무차 출장을 가고 있었다. 디트로이트에서 몇 시간을 운전해 고속도로를 달리던 중이었다. 그때 길가에 세워진 간판 하나가 눈에 들어왔다. 'Cummins'. 세계적인 엔진 제조기업의 이름이었다. 자동차와 상용차 엔진 분야에서 영향력이 큰 회사였다. 평소라면 쉽게 만날 수 없는 기업이었다.

차는 이미 그 간판을 지나치고 있었지만 마음이 쉽게 떨어지지 않았다. '여기까지 왔는데, 한번 시도라도 해 보자.' 하지만 현실은 간단하지 않았다. 미국에서 자동차 업계 바이어를 사전 약속 없이 만나는 일은 거의 불가능하다. 특히 디트로이트의 빅 3나 주요 부품회사라면 더욱 그렇다.

그래도 나는 포기하지 않았다. 차를 세우고 디트로이트 무역관 사무실에 전화를 걸었다.

"지금 Cummins 회사 근처에 와 있습니다. 혹시 면담을 요청해 줄 수 있겠습니까?"

잠시 후, 연락이 왔다. 놀랍게도 그 회사의 구매 담당 이사가 면담을 받아 주겠다는 것이었다. 그렇게 갑작스럽게 성사된 만남에서 그는 이런 말을 꺼냈다.

"다음 주에 한국 출장이 예정되어 있습니다. 자동차 연료펌프를 수입할 회사를 찾고 있는데, 소개해 줄 수 있습니까?"

그 순간 떠오른 회사가 바로 대화연료펌프였다. 나는 곧바로 한국의 대화연료펌프와 연결해 방문 상담을 주선했고, 그 만남은 실제 수출 계약으로 이어졌다.

생각해 보면 모든 것은 우연에서 시작된 일이었다. 고속도로에서 우연히 본 간판, 그 순간 멈춰 선 작은 결심 그리고 한 번의 전화. 그렇게 길 위에서 만난 기회가 결국 한국 중소기업의 수출 계약이 되었고, 몇 달 뒤에는 대통령 앞에서 소개되는 사례가 되었다.

나는 그날 이후 자주 이런 생각을 한다. 수출이라는 것은 거창한 전략이나 화려한 프레젠테이션에서만 만들어지는 것이 아니라는 것을. 때로는 낯선 도시의 길 위에서, 망설이다가도 한 번 더 문을 두드려 보는 용기에서 시작된다는 것을.

그날 내가 멈춰 섰던 그 길 위의 순간이, 지금도 내 기억 속에서 가장 따뜻한 무역 이야기로 남아 있다.

운전 중에 우연히 마주친 Cummins사와 상담하다

디트로이트 금은방 사건의 그날

2001년, 미국 Detroit. 흑인 밀집 지역 한복판에서 10년 넘게 금은방을 운영해 온 김 사장의 가게에는 늘 긴장감이 감돌았다. 작은 실수 하나가 생사를 가를 수 있는 곳. 그곳에서 그는 묵묵히 하루하루를 버텨 내고 있었다.

오후 4시, 낯선 발걸음

그날도 여느 때처럼 조용한 오후였다. 시계가 4시를 막 넘긴 무렵, 허술한 옷차림의 20대 초반 흑인 남성 두 명이 가게 문을 열고 들어왔다. 문을 들어서자마자 그들은 걸음을 멈췄다. 고개를 돌려 매장 안을 천천히 훑었다. 마치 사냥감의 위치를 확인하듯.

10년 넘게 같은 자리에서 장사를 해 온 김 사장은 단번에 직감했다. '강도다.'

그의 시선은 태연한- 척 손님을 맞이하고 있었지만, 신경은 이미 전신에 곤두서 있었다. 오른손은 자연스럽게 카운터 아래 서랍으로 향했다. 그 안에는 비상시를 대비해 늘 숨겨 두던 권총 한 자루가 있었다.

공교롭게도 아내는 커피를 타기 위해 잠시 주방으로 자리를 비운 상태였다. 가게 안에는 그와 낯선 두 남자뿐이었다.

이민 30년, 한순간에 무너질 수 없었다

짧은 순간, 수많은 생각이 머리를 스쳤다. 30년 전, 단돈 3,000달러를 들고 미국에 건너왔던 날. 낯선 땅에서 악착같이 일하며 모은 전 재산. 그 모든 것을, 이들에게 한순간에 빼앗길 수는 없었다.

두 남자 중 키 작은 남자는 문 앞을 지키듯 서 있었다. 키 큰 남자가 천천히 카운터 앞으로 다가왔다. 그리고 주머니에서 손을 꺼냈다. 검은색 권총이었다.

세 발의 총성

김 사장은 반사적으로 서랍을 열었다. 그러나 그가 총을 제대로 움켜쥐기도 전에, 매장 안에 총성이 울려 퍼졌다. '탕, 탕, 탕.'

첫 번째 총알은 왼쪽 어깨를 관통했다. 두 번째는 옆구리를 파고들었다. 세 번째는 가슴 아래를 맞췄다. 몸이 뒤로 밀려 넘어가며 그는 간신히 서랍 속 권총을 움켜쥐었다. 젊은 시절 한국 해병대에서 익힌 사격 훈련이 본능처럼 되살아났다. 조준. 그리고 발사.

총에 맞은 듯 키 큰 남자가 비틀거렸다. 키 작은 남자가 그의 어깨를 부축하며 급히 가게를 빠져나갔다. 그들의 모습이 희미하게 시야에서 사라지는 것을 끝으로, 김 사장의 의식도 함께 멀어졌다.

물속처럼 흐릿한 소리들

바닥에 쓰러진 채, 어깨 아래로 따뜻한 피가 흘러내리는 감각이 느껴졌다. 그제야 자신이 총에 맞았음을 또렷이 인식했다. 어디선가 아내의 비명이 들려왔다. 달려오는 발소리, 떨리는 목소리, 전화거는 소리. 곧이어 울려 퍼진 사이렌. 모든 것이 물속에서 들려오는 듯 흐릿했다. 그는 천천히 눈을 감았다.

몸에 남은 총알 하나

한 달 후, 그는 기적처럼 퇴원했다. 어깨와 옆구리에 박힌 총알은 제거했다. 가슴에 박힌 탄환은 장기를 비껴갔지만, 위험한 위치에 자리해 빼낼 수 없었다. 그는 지금도 그 총알을 몸에 지닌 채 살아가고 있다.

사건 이후 수년이 지났지만 강도는 끝내 잡히지 않았다고 한다. 그날 총에 맞고 도망친 범인이 살아 있었는지, 아니면 어딘가에서 생을 마감했는지는 아무도 모른다.

다시 문을 열다

퇴원 후, 김 사장은 다시 가게 문을 열었다. 사건이 일어난 바로 그 자리에서. 카운터 서랍 속에는 여전히 권총이 있다. 하지만 그보다 더 단단한 것은 그의 의지였다.

위험을 무릅쓰고도 삶의 터전을 지켜 낸 사람

이 이야기는 2001년, 같은 교회에 다니던 김 사장에게 직접 들은 그의 실제 경험담이다. 그는 총상 자국을 보여 주며 담담히 말했다.

"그래도, 나는 이 자리에서 장사를 계속합니다."

총성이 멈춘 자리에서, 그는 다시 삶을 선택했다.

디트로이트 흑인 밀집 지역 상가 건물

제7부

러시아,
얼어붙은 제국의 속살을 보다

블라디보스토크에 첫발을 딛다

낯선 도시로의 첫걸음

러시아는 늘 멀고 낯선 나라로만 느껴졌다. 끝없이 펼쳐진 시베리아와 강한 국가 권력 그리고 차가운 이미지가 먼저 떠오르던 곳이었다.

내가 처음 러시아 땅을 밟은 곳은 극동의 항구 도시 블라디보스토크였다. 인천공항에서 비행기로 두 시간 반 거리. 그리 멀지 않은 거리였다. 그런데 창밖으로 펼쳐진 풍경은 완전히 다른 세상이었다.

금속 지붕들이 햇빛에 반짝였다. 옛 소련식 아파트 숲이 끝없이 이어졌다. 그 너머로 금각만의 푸른 물결이 숨을 멎게 했다. 아름다웠다. 그런데 무언가 무거웠다. 공기가 달랐다. 긴장감이 배어 있었다. 블라디보스토크는 아시아 속의 작은 유럽이었다.

거리를 걷는데, 익숙한 간판이 눈에 띄었다. '서울', '부산'. 한국에서 봤던 중고 버스들이 그대로 달리고 있었다. 입간판도 떼지 않고. 그 버스들 옆으로 유럽 여성들이 활보했다. 나는 멍하니 섰다. 아시아인데 유럽이었다. 유럽인데 아시아였다.

"블라디보스토크는 다르다. 모스크바는 유럽을 바라보지만, 이곳은 아시아를 바라본다. 그리고 그 시선 사이에는 끝나지 않은 과거가 흐르고 있다."

두 개의 러시아

처음 몇 달은 평범해 보였다. 카페는 붐볐다. 고층 빌딩이 올라갔다. 수입차가 도로를 가득 메웠다. 한국말을 잘하는 무역관 러시아 직원들이 말했다.

"이제 좀 정상 국가가 됐어요."

통계도 증명했다. 경제 성장률이 8%를 넘었다. 오일달러가 넘쳐났다. 그런데 밤이 깊을수록, 보드카 잔이 비어 갈수록 대화는 달라졌다.

"예전에는요…"

그들이 말하는 '예전'은 1990년대였다.

마피아의 시대

검은 가죽 재킷, 두꺼운 금목걸이, 길가에 버젓이 세워진 외제차. 누가 어느 구역을 장악했는지 모두가 알았다. 어느 가게가 보호비를 내는지도.

마피아 두목들은 레스토랑에서 공개적으로 식사했다. 경찰은 그들 앞에서 고개를 숙였다. 그런데 2006년의 마피아는 달랐다. 총이 보이지 않았다. 대신 그 자리에 사무실이 있었다.

총이 사라진 자리

러시아 직원이 조용히 속삭였다.

"저 건물, 지난달에 주인이 바뀌었어요. 그런데 매매 계약서는 완벽해요. 법적으로 아무 문제가 없죠."

의미심장한 미소였다.

그 후로 눈에 띄기 시작했다. 갑자기 주인이 바뀐 회사들. 헐값에 넘어간 건물들. 이유 없이 사업을 접은 사람들. 그 자리에 나타난 새로운 사업가들. 공식 기록은 모두 합법이었다. 서류는 완벽했다. 도장은 정확했다. 법원 판결문까지 있었다. 사람들은 낮은 목소리로 말했다.

"이제는 쏘지 않아. 사게 만들어."

"그 사람을 건드리면 안 된다."

러시아에서 가장 자주 들은 경고였다.

"그 사람은 건드리면 안 돼."

왜냐고 물으면 대답은 늘 모호했다.

"위에 아는 사람이 있다더라."

"경찰서장이 그 사람 전화를 먼저 받아."

"법적으로는 깨끗해. 서류는 다 있어."

그 말들이 모여 하나의 그림을 완성했다.

2000년대 초반의 마피아는 더 이상 국가 바깥에 없었다. 국가의 그늘 속에, 혹은 국가와 완전히 겹쳐진 지점에 자리잡고 있었다. 마피아와 관료의 경계는 사라지고 있었다. 정치인과 범죄자의 경계도. 경찰과 조직의 경계도.

블라디보스토크 시내 전경

침묵이 규칙이던 사회

더 인상 깊었던 것은 따로 있었다. 사람들이 묻지 않는 법을 정확히 알고 있다는 점이었다. 어떤 부자가 어떻게 그렇게 빨리 돈을 벌었는지. 왜 특정 회사는 세무조사를 영원히 피해 가는지. 누가 누구의 뒤를 봐 주는지. 사람들은 알고 있는 듯했다. 그러나 아무것도 확인하지 않았다. 확인하려 하지도 않았다.

1990년대에는 질문하면 총을 맞았다. 2000년대에는 질문하면 미래가 사라진다고 믿었다.

러시아 친구가 술에 취해 진심을 털어놓던 날이 있었다.

"너는 우리를 비겁하다고 생각할지 몰라. 하지만 1990년대를 겪은 사람들은 달라. 우리는 두 번 죽을 수 없어. 한 번은 총에, 한 번은 미래에."

그는 갑자기 웃으며 화제를 돌렸다. 사람들은 어깨를 으쓱였다. 말끝을 흐렸다.

"지금은 조용하잖아. 그걸로 됐어. 적어도 애들은 굶지 않아."

안정이라는 이름의 타협

그 시절 러시아는 분명 안정되고 있었다. 월급은 제떄 나왔다. 전기는 끊기지 않았다. 국가는 다시 '힘'을 갖기 시작했다. 많은 사람들이 말했다.

"폭력만 없다면 누가 위에 있든 상관없어. 우리는 그냥 살고 싶을 뿐이야."

마피아도 그걸 알고 있었다. 그래서 그들은 보이지 않게 움직였다. 총 대신 계약서를. 협박 대신 법률 용어를. 길거리 대신 회의실을 선택했다. 그 변화는 진화였다. 그리고 동시에 깊은 타협의 산물이었다.

3년 후, 한국으로 돌아오는 비행기 안에서 나는 다시 한번 느꼈다. '블라디보스토크는 다르다. 모스크바는 유럽을 바라보지만, 이곳은 아시아를 바라본다. 그리고 그 시선 사이에는 끝나지 않은 과거가 흐르고 있다.'

이제 나는 알 것 같았다, 그 끝나지 않은 과거가 무엇인지. 그것은 폭력이 사라진 것이 아니라, 형태를 바꾸었다는 사실이었다. 그리고 사람들은 그 사실을 알면서도 모르는 척 살아가기로 했다는 것. 안정이라는 이름의 타협. 평화라는 이름의 침묵.

블라디보스토크의 겨울은 길었다. 하지만 사람들은 살아갔다.

러시아에서 만난 또 하나의 권력, 마피아

러시아 생활 2년 차. 나는 국제수산업전시회를 부산에서 개최한다는 소식을 접했다. 한국에서 온 지시는 명확했다. 이 전시회에 러시아 수산업체와 바이어들을 유치하라는 것. 러시아 극동, 특히 연해주는 세계적인 수산자원의 보고였다. 캄차카 게, 연어, 명태 등은 한국을 비롯한 전 세계에서 사랑 받는 수산물이었다.

나는 면담 요청을 위해 극동수산업협회장협회에 연락했다. 생각보다 빠르게 긍정적 답변을 받았다. 하지만 면담 장소는 협회 사무실이 아니었다.블라디보스토크 시내의 한 폐쇄된 레스토랑으로 지정되었다. 다소 특이했지만, 나는 전시회 홍보자료와 선물을 준비해 그곳으로 향했다.

예상치 못한 첫인상

약속 장소에 도착했을 때, 협회장은 이미 와 있었다. 키와 체구는 작은 편이었고, 40-50대쯤으로 보였다. 수더분한 인상에 웃음을 띤 얼굴은 전형적인 러시아 관료처럼 보였다.그러나 그의 옆에 앉은 두 사람이 눈에 띄었다. 건장한 체구의 중년 남자들로, 말없이 주위를 살피고 있었다. 나는 그들을 수행원쯤으로 생각했다.

나는 준비한 자료를 펼치며 전시회 개최 계획을 설명했다. 부산의 전시장 규모, 참가 예상 업체 수, 역대 성과 등을 차근차근 전했다. 협회장은 고개를 끄덕이며 경청했고, 현지 바이어의 방한과 업체 출품을 협회 차원에서 적극 협조하겠다고 약속했다. 순조로운 분위기 속에서 회의가 끝나려 할 때, 협회장이 조용히 입을 열었다.

"한국 업체들이 러시아 수산물을 불법적으로 공해상에서 수입해 간다면서… 앞으로는 정식 절차를 밟아 주기 바랍니다."

공해상의 그림자 거래

그의 말 속에는 분명한 경고가 담겨 있었다. 러시아는 수산자원 보호와 자국 내 수산업 발전을 위해 명태, 러시아 게 등 주요 수산물에 수출세를 부과하고 있었다. 그런데 일부 한국 업체들이 이 세금을 피하기 위해 공해상에서 러시아 어선과 직접 거래한다는 것이다.

나는 그런 이야기는 처음 듣는 것이라며 자연스럽게 화제를 돌렸다. 하지만 그의 말투에는 확신이 배어 있었다. 그는 이미 많은 것을 알고 있었다.

회의가 끝나고 자리에서 일어나는 순간, 상황은 급변했다. 레스토랑 구석에 대기하고 있던 젊은 경호원들이 순식간에 협회장을 에워쌌다. 그들은 프로다운 동작으로 협회장을 보호하며 신속하게 자리를 떴다.

마피아의 세 가지 얼굴

의아함을 감출 수 없었다. 수산업협회장이 왜 이렇게 삼엄한 경호를 받는 걸까? 나는 현지 러시아 직원에게 조용히 물었다. 그의 대답은 짧았다.

"마피아 출신입니다."

그는 덧붙여 설명했다. 당시 연해주에는 '3대 마피아'로 불리는 실력자들이 있었다. 연해주 주지사, 블라디보스토크 시장 그리고 바로 내가 만난 수산업협회장이라는 것이다. 그들은 각자의 영역에서 막강한 영향력을 행사하며, 서로 견제하고 협력하는 관계였다.

나는 그제야 이해했다. 그들이 왜 공식적인 협회 사무실이 아닌 외진 레스토랑을 만남의 장소로 택했는지, 왜 건장한 수행원들이 동행했는지. 그리고 협회장이 공해상 불법 거래에 대해 언급했을 때, 그 말속에 담긴 무게가 무엇인지.

포클레인이 파헤친 현대호텔의 앞길

블라디보스토크 중심가에는 현대그룹이 현지 블라디보스토크 시와 합작 투자한 현대호텔이 있다. 깔끔한 서비스와 현대적인 시설로, 현지인과 외국인 비즈니스맨들에게 인기 있는 호텔이었다.

어느 날 아침, 호텔 정문과 후문의 도로가 모두 파헤쳐졌다. 포클레인이 밤새 도로를 갈아엎어 버린 것이다. 호텔 측에 따르면 시에서 '공사'라는 명목으로 갑자기 도로를 파헤쳤다고 한다. 공식적인 이유는 도로 보수 공사였다. 하지만 누구도 그 말을 믿지 않았다.

소문은 빠르게 퍼졌다. 마피아의 소행이라는 것이었다. 현대호텔에서 발생하는 수익금이 한국 본사로 모두 빠져나가자, 현지의 '협력자들'이 수익금을 요구하며 보여 준 무시무시한 시위라는 것이다.

호텔은 몇 주 동안 정상 영업이 불가능했다. 투자 자본의 이자를 인출해 간다는 명분 아래, 그들은 가장 원초적인 방식으로 자신들의 존재를 각인시켰다. 총 한 번 쏘지 않고, 단 한 장의 협박장도 보내지 않고.

그들이 돌아오는 방식

러시아를 떠날 때쯤, 나는 이런 생각을 했다. 이 나라에서 마피아는 사라진 것이 아니라, 성공한 것은 아닐까? 너무 잘 적응해서, 너무 자연스러워져서, 이제는 이름조차 부르지 않게 된 존재들.

2000년대 초반 러시아에서 마피아는 더 이상 밤의 이야기가 아니었다. 그들은 낮에 일했고, 서류에 서명했고, 정장을 입고 회의실에 앉아 있었다. 그리고 사람들은 그 사실을 알면서도, 아무 일 없는 듯 살아가고 있었다.

그들이 진화한 방식은 충격적이면서도 교훈적이었다. 총기 소음 대신 서류 도장 소리로, 거리 싸움 대신 법정 공방으로, 그들은 자신들의 영역을 확장해 나갔다. 그리고 국가는 그들을 외면하거나, 어쩌면 은밀히 포용하고 있었다.

아직 끝나지 않은 이야기

한국으로 돌아온 지 10여 년이 지난 지금, 가끔 러시아 뉴스를 볼 때면 그때의 기억이 떠오른다. 블라디보스토크의 현대호텔은 여전히 영업 중이고, 러시아 극동의 수산자원은 계속해서 한국으로 들어오고 있다. 연해주의 주지사와 시장은 여러 번 바뀌었지만, 그 배후의 힘은 여전히 존재한다는 소문이 들려온다.

2006년의 러시아는 내게 한 국가의 전환이 얼마나 복잡한지, 그리고 '안정'이라는 단어가 때로는 얼마나 많은 타협 위에 서 있는지 깨닫게 해 주었다. 그들이 말하는 '정상 국가'의 이면에는 보이지 않는 거래와 침묵의 계약이 존재했다.

그게 내가 기억하는 그 시절 러시아의 공기다. 차갑고, 무겁고, 그러나 이상하게도 일상적인. 마치 겉보기에는 평범한 수산업협회장이 실은 연해주의 3대 마피아 중 한 명이었던 것처럼, 러시아라는 나라는 겉과 속이 다른 두 개의 얼굴을 가지고 있었다.

그리고 그 두 얼굴 사이에서 사람들은 그저 살아가고 있었다. 침묵이라는 값을 치르면서도, 오늘의 빵을 위해.

블라디보스토크 항구

낯선 땅에서 끝난
어느 출장자의 비극

러시아 블라디보스토크의 겨울은 늘 사람의 방심을 노린다. 바닷바람은 살을 파고들 듯 매섭고, 숨을 들이쉴 때마다 폐 속까지 얼어붙는 듯한 냉기가 스며든다. 그 겨울, 나는 블라디보스토크 무역관의 책임자로 국내 기업들의 러시아 수출을 지원하고 있었다.

2006년부터 2009년까지 근무했던 당시, 러시아 정부는 2010년 APEC 정상회의 개최를 앞두고 블라디보스토크를 거대한 공사장으로 바꾸고 있었다. 낙후된 도시는 재개발에 들어갔고, 도로는 확장되었으며, 항만과 교량, 회의장 건설이 동시에 진행됐다. 도시 전체가 우리의 거대한 수출 기회처럼 보였다.

우리는 이 기회를 놓칠 수 없었다. 국내 건설 및 기자재업체 12개 사를 모아 시장개척단을 구성했고, 러시아 정부 기관과 관련 기업의 발주처를 초청한 수출 상담회를 마련했다. 상담회장은 열기로 가득 찼고, 계약 가능성을 점치는 긍정적인 신호도 곳곳에서 나왔다.

행사의 마지막 일정은 루스키섬 현장 방문이었다. APEC 회의장이 들어설 루스키섬은 아직 황량했지만, 그 위에 펼쳐질 미래를 모두가 그리고 있었다. 영하 20도를 오르내리는 칼바람 속에서도 단원들은 안전모를 쓰고 현장을 누볐다.

"여기만 따내면, 회사 먹고 사는 문제는 걱정 없습니다."

누군가 농담처럼 말했지만, 그 말 속에는 절박함이 섞여 있었다. 그들 대부분은 회사의 운명을 짊어진 사람들이었다.

수출계약서 대신 사망확인서가 들려 있었다

모든 일정을 마친 그날 저녁, 우리 단원 모두는 블라디보스토크 중심가에 자리잡은 현대호텔 한식당에 모였다. 따뜻한 불빛, 김이 모락모락 오르는 찌개 그리고 테이블마다 놓인 보드카 술병.

시장개척단 단장은 H건설의 박 이사(52세)님이었다. 묵직한 체구에 항상 또렷한 발음으로 말하던 사람이었다. 그가 잔을 들었다.

"이번 출장은… 우리 모두에게… 큰… 기회가 될 겁니다…."

순간, 식당이 잠시 조용해졌다. 발음이 흐렸다. 말끝이 미묘하게 떨렸다. '피곤해서 그렇겠지.' 모두 그렇게 넘겼다. 건배사를 마친 박 이사님은 잠시 후 자리에서 일어나 조용히 밖으로 나갔다. 마치 화장실에 가는 사람처럼.

10분쯤 흘렀을까? 식당 문이 갑자기 열리더니, 호텔 로비 경비원이 얼굴이 하얗게 질린 채 뛰어 들어왔다.

"한국 사람… 한 분이 로비에서 쓰러졌습니다!"

순간 공기가 얼어붙었다. 우리는 접시를 밀쳐 두고 로비로 뛰어 갔다. 바닥에 쓰러진 사람은 박 이사였다. 눈은 반쯤 감긴 채였고, 가슴은 거칠게 들썩였다. 숨을 쉬고 있었지만 마치 물속에서 허우적대는 사람처럼 위태로웠다.

"박 이사님! 박 이사님!"

누군가 어깨를 흔들었지만 반응이 없었다. '뇌출혈.' 누군가 중얼 거렸다. 119에 전화했다. 연결은 됐다. 출동한다고 했다. 5분, 10분, 20분, 30분…. 아무도 오지 않았다.

그사이, 지나가던 러시아인 간호사 한 명이 달려와 박 이사의 입 에 숟가락을 넣고 혀가 말려 들어가지 않도록 눌러 주었다. 그녀의 손은 떨리고 있었다.

40분이 지났을 때, 두 명의 소방 구조원이 들것을 들고 느릿하게 들어왔다. 그러나 박 이사의 눈은 이미 완전히 풀려 있었다.

병원 응급실

차가운 형광등 아래, 의사는 고개를 저었다. CT 필름을 우연히 현지에 머물고 있던 한국 의사에게 보였지만, 답은 같았다.

"손쓸 방법이 없습니다."

그날부터 박 이사는 혼수상태로 누워 있었다. 기계음만이 병실 을 채웠다. '삐, 삐.' 우리 무역관 직원들은 교대로 그의 곁을 지켰 다. 말을 걸어도, 손을 잡아도 반응은 없었다.

이틀째 새벽, 교대하러 병실에 도착했을 때 침대는 비어 있었다. 불길한 예감. 영안실을 찾았지만 없었다.

병원 복도를 헤매던 끝에, 복도 모퉁이에서 우리는 그를 발견했 다. 환자용 의자에 누운 채, 하얀 천이 얼굴 위에 덮여 있었다. 아 무도 지키지 않는 죽음. 누군가는 그 자리에서 주저앉아 울었다.

며칠 후, 한국에서 부인이 도착했다. 관에 손을 얹은 채 주저앉 아 통곡했다.

"여보… 왜… 왜 이렇게 가요…"

그녀의 울음소리는 병원 복도를 타고 길게 퍼졌다.

수출 계약서 대신, 사망확인서를 안고 귀국해야 하는 현실. 가족을 먹여 살리기 위해 떠났던 출장. 회사를 살리기 위해 선택한 러시아행. 그 끝은 관 속의 귀향이었다.

다행히 평소 안면이 있던 러시아 관계기관의 도움으로 장례 절차는 신속히 진행되었다. 관은 조심스럽게 비행기에 실렸다. 활주로 위에서, 우리는 묵묵히 서 있었다. 차가운 겨울바람이 얼굴을 스쳤다.

비행기가 활주로를 떠날 때, 나는 생각했다. '우리는 수출을 이야기하지만, 그 뒤에는 사람의 인생이 있다.' 누군가는 계약서를 들고 돌아오고, 누군가는 이름만 남기고 돌아온다.

그 겨울 이후로, 블라디보스토크의 바람은 나에게 늘 같은 질문을 던진다.

"당신은 오늘도, 사람의 무게를 잊지 않았는가?"

러시아에서 만난 한국 유학생의,
영화 같은 사건

이 글은 러시아에 유학 온 한국 대학생들이 현지에서 겪은 실화다.

내가 러시아 블라디보스토크에서 근무할 2008년 당시 이들 학생들이 직접 무역관에 찾아와 제가 직접 도움을 주웠던 그날의 기록이다.

스릴 있는 영화나 전쟁터에서나 볼 수 있었던 한국학생들이 겪은 당시의 현장을 생생하게 전달한다.

날카로운 굉음… 두개골에 박힌 총알

러시아 블라디보스토크의 겨울은 해안 도시의 이미지를 무색하게 할 만큼 차갑다. 거리의 어둠은 가로등의 노란 빛마저 삼켜 버리는 듯했다.

다섯 명의 한국 남녀 유학생들이 외식을 마치고 기숙사로 돌아가는 길이었다. 그들의 한국어 수다와 웃음소리는 조용한 골목길에 유일한 생기를 불어넣고 있었다.

'짱!' 금속이 부서지는 듯한 날카로운 굉음이 공기를 가르며 울려퍼졌다. 일행 중 민준이 갑자기 길 한가운데에 풀썩 주저앉았다.

마치 실이 끊어진 인형처럼 힘없이 주저앉았다. 잠시 정신을 잃은 것이다.

"야, 민준아! 왜 그래?"

친구들이 매달렸지만, 민준은 이미 일어서고 있었다.

"괜찮아? 그냥 뭐가 맞은 것 같아. 돌인가?"

그는 머리를 문질렀다. 따가운 가려움과 욱신거림이 느껴졌지만, 특별한 이상은 없어 보였다.

다음 날 아침, 민준은 심한 두통으로 깨어났다. 화장실 거울 앞에서 부풀어 오른 부분을 살펴보았다. 손가락으로 더듬자 딱딱한 것이 느껴졌다. 살짝 눌렀다가, 친구들을 불렀다.

"이거 봐 봐, 뭔가 이상해."

친구들이 모여들었다. 민준의 머리에는 작게 부어오르고 중앙에 검은 점 같은 것이 보였다.

"이게 뭐야?"

한 친구가 손가락으로 그 부위를 세게 눌렀다. '뿌웅.' 부풀었던 살갗이 터지며 작은 검은 물체가 튀어나왔다. 바닥에 떨어진 그것은 콩알만 한 크기의 베어링 총알이었다. 모든 사람의 얼굴이 동시에 창백해졌다.

"총알이… 머리에 박혀 있었던 거야?"

공포가 밀려왔다. 총알은 나왔지만, 과연 뇌에 손상을 주지 않았을까? 두개골은 괜찮은 걸까?

무역관 도움으로 CT 촬영… '기적적'이었던 진단 결과

그들은 허둥지둥 병원을 찾아 나섰지만 번번이 문전박대를 당했다. 결국 인맥을 통해 우리 무역관에 연락되어 밤늦게 한 병원에서 진료를 받을 수 있었다. CT 스캔 결과, 러시아인 의사의 진단은 차갑지만 다행스러운 것이었다.

"총알이 두개골 외판을 스치며 들어왔지만, 기적적으로 뇌까지 도달하지는 않았습니다. 두개골에 충격은 있었지만, 골절이나 출혈은 없습니다."

의사는 CT 영상을 가리키며 설명을 이어 갔다.

"총알이 이미 나온 지금으로선 천만다행입니다. 만약 더 깊이 들어갔더라면 상황이 완전히 달라졌을 겁니다."

민준은 숨을 내쉬었다. 하지만 안도감은 오래가지 않았다. "그런데…"라고 말끝을 흐린 의사가 신경외과 전문의를 불러들였다.

"자세히 보니 총알이 들어온 각도가 매우 위험했습니다. 몇 밀리미터만 옆으로 치우쳤어도…"

말을 끝맺지 않았지만, 모두가 그 의미를 이해했다.

극우 테러 집단 소행 가능성 … 경찰 수사는 미온적

병원 복도에서 친구 하나가 창밖을 가리켰다. 골목 맞은편 건물 벽면에 검은색 스프레이르 그려진 낙서가 보였다.

가시 머리를 한 괴기한 얼굴 옆에 러시아로 쓰여 있었다. '블랙 헤드(Black Head)'.

이들은 극우주의 테러 집단이다. 아시아인이 러시아 들어와 자신들의 일자리를 빼앗는다고 믿고 유학생들을 노린다는 소문이 현실이 된 순간이었다. 어젯밤은 우연이 아니었다. 그들은 의도적으로 가장 떠들썩하던 민준을 조준했던 것이다.

경찰은 수사를 시작했지만, 태도는 냉담했다.

"우발적 사고일 가능성도 고려해야 합니다. 범인을 찾기 어렵습니다."

남은 상처와 경계심으로 일상으로의 복귀

유학생들 사이에는 공포가 퍼져나갔다. 블라디보스토크의 어둠 속에는 더 많은 '블랙 헤드'가 있을지도 모른다.

민준은 퇴원 날, 친구들과 함께 다시 그 골목을 지났다. 바람은 여전히 차갑게 불었지만, 이제 그 바람은 단순한 추위 이상의 것을 느끼게 했다. 친구 중 하나가 말했다.

"다신 이 길을 걷지 말자."

민준은 고개를 들어 길 건너편을 바라보았다. 또 다른 아시아인 유학생들이 모자로 얼굴을 가린 채 서둘러 지나가고 있었다. 그들의 어깨는 긴장으로 뻣뻣했고, 발걸음은 재빨랐다.

그 순간 민준은 깨달았다. 총알은 빠져나갔지만, 그 공포는 영원히 남을 것이라는 것을. 의사의 진단대로 몇 밀리미터의 차이로 목숨을 건진 것은 기적이었지만, 그 기적이 다음번에도 반복될 것이라는 보장은 없었다. 하지만 동시에 그는 또 다른 것도 깨달았다. 병원에서 나올 때 의사가 건넨 말이 생각났다.

"당신은 운이 좋았습니다. 하지만 그 운이 당신을 지켜 준 것은 아닙니다. 그 총알이 뇌에 도달하지 않은 것은 해부학적 행운입니다. 이제 당신은 그 행운을 어떻게 사용할지 생각해 보세요."

민준은 걸음을 멈추고 머리의 상처 부위를 살짝 만졌다. 아직 부드럽게 붓고 따가웠다. 그는 고개를 들어 앞을 똑바로 보았다.

"걸어가자."

"뭐? 여길?"

"응, 이 길을."

그는 친구들이 놀란 눈빛으로 자신을 바라보는 것을 느끼며 말을 이었다.

"도망다닐 수는 없어. 대신 더 현명해져야지. 함께 다니고, 어둠 속에서는 조용히, 그리고 항상 주의를 기울이는 거야."

블라디보스토크의 겨울밤은 여전히 깊고 어두웠지만, 그들의 발걸음 소리는 이전보다 더 확고하게 길을 울렸다. 총알은 이미 빠져나갔지만, 그 교훈은 영원히 그들의 마음속에 박혀 있을 것이었다.

폭탄주 술잔이 들려준 속마음

조직과 관계의 경계에서 배운 한 잔의 의미

세월이 흐르면 많은 기억이 흐릿해진다. 하지만 어떤 장면들은 이상하게 또렷하게 남는다. 회의 내용은 잊어도, 그날 밤 테이블 위에 놓였던 술잔의 무게는 기억난다.

돌이켜 보면 내 공직 생활의 중요한 순간들에는 늘 술자리가 있었다. 단순한 흥청거림이 아니었다. 그 술잔 속에는 조직의 위계가 있었고, 사람 사이의 온도가 있었고, 보이지 않는 신뢰의 무게가 담겨 있었다.

폭탄주라는 방식이 항상 옳다고 말할 수는 없다. 그러나 그 시절, 그 자리에서는 분명 하나의 언어였다. 나는 그 언어를 통해 사람을 읽고, 조직을 이해하고, 때로는 나 자신을 증명해야 했다.

이 이야기는 그 술잔 속에서 내가 배운 공직의 또 다른 얼굴에 대한 기억이다.

첫 번째 잔, 북미에서 배운 조직의 온도

2002년 가을, 캐나다 토론토. 단풍이 막 절정을 지나 바람에 흩날리던 계절이었다. 북미 지역 10개 무역관장이 모이는 북미 무역관장 회의가 열렸다. 산업자원부 차관을 지낸 뒤 코트라에 부임한 신임 사장이 북미 지역에서 처음 주재하는 회의였다.

회의장은 조용했지단 공기는 팽팽했다. 겉으로는 사업 계획과 성과를 점검하는 자리였다. 그러나 모두 알고 있었다. 이 자리는 새 수장이 조직을 어떻게 다룰 것인가를 보여 주는 첫 무대였다. 누가 먼저 말할 것인가? 누가 얼마나 존재감을 보일 것인가? 보이지 않는 긴장이 회의실을 가득 채우고 있었다.

회의가 끝난 뒤, 현지 교민이 운영하는 한정식에서 저녁 자리가 이어졌다. 그리고 예상대로 술상이 차려졌다. 한국 조직에서 첫 술자리는 늘 시험대와 같다. 사장을 중심으로 둥글게 앉은 자리. 양주에 맥주를 섞은 폭탄주가 돌기 시작했다. 한 잔. 그리고 또 한 잔. 분위기는 빠르게 달아올랐다.

나는 그때 깨달았다. 이 술자리는 단순한 회식이 아니었다. 서로의 기선을 확인하는 시간이었다. 누가 얼마나 버티는지. 누가 먼저 물러나는지. 그 모든 것이 말 없는 메시지였다.

나는 술이 강한 편은 아니었다. 속은 쓰렸고, 머리는 지끈거렸다. 그래도 물러설 수 없었다. 현장 책임자로서의 자존심이 걸려 있었다. 다섯 잔을 넘기자 숨이 가빠졌다. 그런데 사장은 열한 잔을 거뜬히 비웠다. 그것만으로도 충분한 메시지였다. '나는 이 정도는 감당한다.'

그때였다. 댈러스 무역관장이 조용히 술잔을 밀어냈다. 첫 잔도, 두 번째 잔도 받지 않았다. 옆 관장이 조심스럽게 설명했다.

"저분은 교회 장로라 술을 안 하십니다."

순간 공기가 얼어붙었다. 그리고 사장이 던진 말.

"부사장도 장로인데 술 잘 마시던데. 그렇게 해서 투자 유치가 도겠어?"

말은 가볍게 던졌지만 그 파장은 컸다.

그러나 그 관장은 끝내 술잔을 들지 않았다. 그 후 그는 본사로 돌아오지 않고 현지에 남았다. 그 선택이 무엇 때문이었는지는 지금도 알 수 없다.

다만 그날 나는 깨달았다. 조직은 규정만으로 움직이지 않는다. 사람의 마음과 미묘한 관계의 균형 속에서 움직인다. 그날 밤의 술잔이 그 사실을 가르쳐 주었다.

두 번째 잔, 블라디보스토크의 방어전

몇 년 뒤, 나는 러시아 블라디보스토크에 있었다. 새로 부임한 총영사가 저녁 자리를 마련했다. 그는 산업자원부 시절 '술고래'로 유명한 인물이었다.

초대된 사람은 세 명. 공사, 국정원 참사관 그리고 무역관장인 나. 초대장을 받는 순간 나는 직감했다. '오늘은 그냥 밥 먹는 자리가 아니다.' 그래서 작은 준비를 했다. 모임 전에 우유를 충분히 마셨다. 예전에 친구에게 배운 방법이었다. 우유가 위를 보호해 준다는 이야기였다. 나만 아는 작은 방어막이었다.

예상은 틀리지 않았다. 저녁이 무르익자, 보드카 폭탄주가 돌기 시작했다. 다섯 잔쯤 지나자 공사가 먼저 고개를 떨구었다. 잠시 후 참사관의 말도 흐려졌다. 총영사 역시 말이 점점 엉키기 시작했다. 나는 이를 악물고 버텼다. 오기이기도 했고, 계산이기도 했다. 무역관장으로서 현장에서의 위치가 걸려 있었다.

그날 밤, 마지막까지 자리를 지킨 사람은 나였다. 다음 날 총영사가 웃으며 말했다.

"관장님, 요즘 일 잘되시죠?"

말투가 전보다 부드러웠다.

그 순간 나는 알았다. 어젯밤 술자리는 단순한 회식이 아니었다. 그는 현장 책임자의 버티는 힘을 보고 있었던 것이다.

세 번째 잔, 보드카가 만든 신뢰

그 시절 블라디보스토크는 거대한 공사장이었다. 2012년 APEC 정상회의를 앞두고 도시 전체가 뒤집혀 있었다. 루스키섬 대교, 항만 확장, 도로와 회의장 건설. 도시는 밤낮없이 움직이고 있었다.

극동 개발청은 한국 건설 기술에 큰 관심을 보였다. 그래서 러시아 조사단이 한국을 방문했을 때 나는 인천대교 공사 현장을 직접 안내했다. 바다 위에 떠 있는 거대한 교량을 바라보며 그들의 눈이 반짝였다.

어느 날 저녁, 블라디보스토크의 한 레스토랑. 개발청장이 말했다.

"무역관의 도움에 감사드립니다."

나는 웃으며 대답했다.

"우리는 함께 일할 파트너를 찾는 중입니다."

그날도 테이블 위에는 보드카 병이 놓여 있었다. 러시아에서 보드카는 단순한 술이 아니다. 사람을 시험하는 도구다. 그래서 나는 먼저 병을 들었다. 그리고 웃으며 말했다.

"한국에는 이런 방식도 있습니다."

보드카에 맥주를 섞은 한국식 폭탄주였다. 러시아인들은 잠시 놀랐다. 그러다 하나들 따라 하기 시작했다.

"이게 한국식이라고? 재미있군!"

웃음이 터졌다.

그날 밤 우리는 누가 더 마셨는지를 따지지 않았다. 함께 취했다. 그리고 그 순간, 보이지 않는 벽이 무너졌다. 그날 이후 우리 관계는 달라졌다. 그들은 한국을 단순한 외국 파트너가 아니라 같은 테이블에 앉은 동료로 보기 시작했다.

술잔이 가르쳐 준 것

지금 돌아보면 그 술자리들은 단순한 음주 시간이 아니었다. 조직의 역학을 배우는 교실이었고 사람의 마음을 읽는 실험실이었다. 폭탄주가 항상 옳은 것은 아니다. 때로는 건강을 해쳤고, 쓸데없는 경쟁을 만들기도 했다. 하지만 그 시절 그 자리에서는 하나의 언어였다. 나는 그 언어로 사람을 읽고 조직을 이해했다.

지금의 젊은 공직자들에게 그 방식을 권하고 싶지는 않다. 시대는 변했고, 소통의 방식도 달라졌기 때문이다. 하지만 한 가지는 말하고 싶다. 술잔이든, 커피잔이든, 어떤 자리든, 결국 중요한 것은 상대에게 전해지는 진심이라는 것을.

가끔 보드카 냄새가 섞인 바람이 스쳐 지나가면 나는 그 시절을 떠올린다. 조직과 관계의 경계에서 한 잔의 의미를 고민하던 젊은 날의 나를.

극동 시베리아의 현실을
대통령에게 전하다

대통령 주재, 무역투자진흥회의 참석: 예고 없이 찾아온 호출

"블라디보스토크무역관장님, 이번 대통령 주재 회의에 해외무역
관 대표로 참석하셔야 합니다."

서울 본사로부터 걸려 온 전화를 끊고 한동안 수화기를 내려다보
았다. 당황스러움이 파도처럼 밀려왔다. 대통령이 직접 주재하는
회의였다. 무역과 투자 정책을 논의하는 자리로, 경제 관련 주요 부
처 장관들이 모두 참석하는 중요한 회의였다. 해외에 근무하는 무
역관장에게까지 연락이 오는 일은 흔치 않았다.

그 이유는 내가 맡고 있던 직책 때문이었다. 나는 당시 블라디보
스토크무역관장이자 극동시베리아 개발협력센터장을 겸임하고 있
었다. 이명박 정부 출범 이후 한국 정부가 추진하던 해외 자원개발
정책, 특히 러시아 극동시베리아 지역 협력과 관련된 현장의 상황
을 보고하기 위해서였다.

당시는 이명박 정부가 막 출범한 직후였다. 새 정부는 해외 자원
개발을 중요한 국가 전략 가운데 하나로 내세우고 있었다. 에너지
와 원자재 대부분을 수입에 의존하는 한국 경제 구조를 고려할 때,
안정적인 자원 확보는 국가적 과제였다. 대통령 개인도 이 문제에

깊은 관심을 가지고 있었다.

대통령이 되기 전 현대건설에 몸담고 있던 시절부터 러시아 극동 지역의 자원 개발 가능성에 큰 관심을 보여 왔다고 들었다. 그런 배경 때문인지 새 정부 출범 이후 러시아와의 자원 협력은 정책적으로도 더욱 주목을 받기 시작했다.

'대통령의 시선이 머무는 곳, 그 현장의 목소리를 내가 대신해야 한다.' 그 생각에 이르자 기분 좋은 긴장감을 넘어선 서늘한 책임감이 온몸을 휘감았다. 나는 그날부터 며칠 밤을 꼬박 새우며 보고서를 다듬고 또 다듬었다.

대통령과 마주한 순간

회의 당일, 보안은 삼엄했고 실무자들의 움직임에는 빈틈이 없었다. 배정된 자리에 앉으니 마른침이 넘어갔다. 대통령으로부터 불과 세 번째 자리. 손을 뻗으면 닿을 듯한 거리에서 국정의 최고 책임자를 마주하게 된 것이다.

잠시 후 대통령이 입장했고, 회의장 안의 모든 시선이 그에게 집중되었다. 내 차례가 다가올수록 가슴은 요동쳤지만, 품 안의 보고서 뭉치를 만지며 마음을 다잡았다.

대통령은 좌석을 살피며 내 앞을 지나가다 잠시 멈춰 섰다. 그리고 내 왼쪽 가슴의 명찰을 가리켰다. 거기에는 내 이름과 함께 직함이 선명히 적혀 있었다.

"아, 블라디보스토크에서 왔구먼."

나지막한 목소리였지만 힘이 있었다. 그 짧은 한마디에는 먼 곳에서 온 실무자에 대한 격려와 함께, 그가 얼마나 러시아 극동의 현장에 관심을 가지고 있는지가 담겨 있었다.

이명박 대통령 주재 무역투자확대회의 참석 및 의견 발표(2008.5)

장관들의 시간, 줄어드는 보고

회의가 시작되자 경제 부처 장관들의 보고가 이어졌다. 대한민국 경제 정책을 이끄는 사령탑들이 내놓는 의견 속에서 회의 시간은 예정보다 훨씬 길어졌다. 장관들의 발언이 길어질수록 내게 주어진 시간의 모래시계는 야속하게 줄어들고 있었다.

마침내 내 차례가 되었다. 나는 초조함을 억누르며 보고를 시작했다. 시간에 쫓기는 상황이었지만 대통령의 시선은 시종일관 나를 향하고 있었다. 나는 블라디보스토크의 부동항이 가진 전략적 가치와 시베리아에 묻힌 천연가스의 가능성을 쏟아 내듯 설명했다. 비록 준비한 내용을 모두 펼쳐 보이지는 못했지만, 내 목소리에는 대륙의 바람 소리를 담으려 애썼다.

회의를 마치고

회의를 마치고 나온 로비에는 따스한 봄바람이 불고 있었다. 하지만 내 마음은 여전히 블라디보스토크 항구에 머물러 있었다. 대통령의 관심이 향하는 곳, 그리고 대한민국의 미래가 걸린 광활한 대륙. 비록 짧은 보고였지만, 그날 내가 달았던 명찰 속 '블라디보스토크'라는 이름은 내게 평생 잊지 못할 훈장이 되었다.

나는 그날의 긴장감을 가슴에 품고 다시 대륙으로 향하는 비행기에 올랐다. 언젠가 우리가 그 땅과 진정한 협력의 손을 맞잡는 날, 대한민국의 경제 지도는 다시 한번 확장될 것이라는 확신과 함께.

모스크바의 가을밤,
백조의 호수와 마주하다

뜻밖의 초대

2005년 가을, 인천무역관에서 근무하던 시절의 일이다.

나는 인천 지역 수출업체 대표 14명과 함께 모스크바 수출시장 개척단을 이끌고 러시아로 향했다. 낯선 시장을 향한 기대와 긴장이 뒤섞인 출장길이었다.

오랜 준비 끝에 마련된 수출상담회는 예상보다 좋은 성과를 거두었다. 상담장은 하루 종일 열기로 가득했고, 계약 가능성을 확인한 기업 대표들의 얼굴에는 안도의 미소가 번졌다. 모두가 긴 하루를 마친 저녁이었다. 저녁 식사를 마치고 호텔로 돌아가려던 순간, 한 사장님이 조용히 말을 꺼냈다.

"러시아까지 왔는데… 발레 한번 보고 가야 하지 않겠습니까?"

그 말 한마디가 그날 밤의 운명을 바꾸었다.

운명의 티켓

모스크바에서 발레를 본다는 것은 말처럼 쉬운 일이 아니었다. 특히 세계적인 명성을 가진 볼쇼이 극장의 공연은 며칠 전부터 표가 매진되는 경우가 대부분이었다. 짧은 출장 일정 속에서 티켓을

구하는 일은 거의 불가능에 가까웠다.

하지만 세상에는 가끔 설명하기 어려운 행운이 찾아온다. 여러 사람의 도움과 우연이 겹치면서 우리는 기적처럼 입장권을 손에 넣게 되었다.

그날 밤, 나는 처음으로 볼쇼이 극장의 문을 넘었다. 그리고 인생에서 처음으로 만난 발레가 바로 차이콥스키의 〈백조의 호수〉였다.

솔직히 말하면 그때까지 나는 발레에 대해 아는 것이 거의 없었다. 그저 '우아하고 아름다운 예술'이라는 막연한 이미지 정도가 전부였다. 무용수들의 손끝과 발끝에 어떤 의미가 담겨 있는지, 음악과 움직임이 어떻게 하나의 이야기가 되는지 전혀 알지 못했다. 그러나 그날 밤, 그 무대는 나의 무지를 조용히 깨뜨리고 있었다.

시간이 멈춘 순간

객석의 불이 서서히 어두워지고, 오케스트라의 첫 음이 울려 퍼졌다. 차이콥스키의 음악은 마치 공기 자체가 노래하는 듯 깊고 풍부하게 극장을 채웠다. 무대 위의 막이 오르자, 눈앞에는 현실이라기보다 한 편의 꿈 같은 장면이 펼쳐졌다.

흰 튀튀를 입은 발레리나들이 일제히 팔을 들어 올리는 순간, 그 모습은 마치 백조들이 호수 위에서 날개를 펼치는 장면처럼 신비로웠다. 발끝으로 무대를 스치듯 움직이는 군무는 한 치의 흐트러짐도 없이 이어졌고, 음악과 몸짓은 완벽하게 호흡을 맞추고 있었다. 그 순간 나는 시간이 멈춘 것 같은 느낌을 받았다.

손끝 하나, 발끝 하나에 담긴 절제된 움직임과 긴장감 그리고 음악과 정확히 맞물리는 찰나의 아름다움은 어떤 언어로도 온전히 설명하기 어려운 감동이었다.

러시아 발레단 백조의 호수 장면

숫자 너머의 울림

그날 낮, 우리는 하루 종일 숫자 속에서 살고 있었다. 수출 물량, 단가 협상, 계약 조건, 결제 방식…. 머릿속에는 온통 비즈니스 계산이 가득했다. 그러나 공연이 시작되고 얼마 지나지 않아 그 복잡한 숫자들은 하나둘 사라졌다.

대신 마음속에 채워진 것은 설명하기 어려운 감동이었다. 발레리나의 우아한 몸짓 하나하나가 마치 내 안의 비즈니스맨을 잠시 내려놓게 하는 듯했다. 계산과 논리를 떠나, 순수하게 아름다움을 바라보는 인간의 감성이 다시 깨어나는 순간이었다.

공연이 끝난 뒤에도 우리는 쉽게 자리에서 일어나지 못했다. 극장을 가득 채운 기립박수 속에는 단순한 찬사 이상의 울림이 담겨 있었다. 서로 다른 회사, 서로 다른 업종에서 온 사람들이었지만 그 순간만큼은 같은 감동을 공유하고 있었다. 비즈니스를 위해 떠난 출장길에서, 예술이 선물한 이 한밤의 기억은 어떤 계약서보다도 오래 마음속에 남게 되었다.

인연의 끈

돌이켜 보면, 그날의 경험은 단순한 발레 관람이 아니었다. 낯선 도시 모스크바에서, 서로 다른 삶을 살아온 사람들이 같은 무대를 바라보며 조용히 하나가 되었던 순간이었다. 그래서인지 그날의 〈백조의 호수〉는 지금까지도 내 마음속에서 특별한 기억으로 남아 있다.

그리고 어쩌면 그것이 또 하나의 인연의 시작이었는지도 모른다. 얼마 지나지 않아 나는 러시아 극동의 도시 블라디보스토크 무역관으로 발령을 받게 되었다. 마침 그 시기는 극동 시베리아 지역과의 협력이 중요해지던 때였고, 자원 개발과 경제 협력이 새로운 과제로 떠오르던 시기였다.

나는 또다시 러시아로 향하게 되었다.

블라디보스토크의 가을밤, 두 번째 울림

블라디보스토크에서 맞이한 러시아의 늦가을은 모스크바보다 하늘이 더 맑고 높았다. 차가운 공기 속에서도 도시에는 묘한 따뜻함이 흐르고 있었다.

그곳에서 나는 다시 발레를 만났다. 모스크바의 볼쇼이가 화려하고 장엄한 예술의 정수를 보여 주었다면, 블라디보스토크의 발레는 조금 더 인간적이고 깊은 감동을 전해 주었다.

그때 나는 깨달았다, 예술은 국경을 넘고, 언어를 넘어선다는 것을.

바쁜 무역관의 일상 속에서 우리는 늘 계약과 성과를 이야기하며 살아간다. 그러나 가끔은 그런 삶의 틈 사이에서 예술이 조용히 마음을 흔들어 놓는다.

그날 밤의 〈백조의 호수〉는 지금도 내 기억 속에서 조용히 날개를 펼치고 있다. 그리고 그 백조는 여전히 내 마음속 호수 위를 천천히 그리고 우아하게 날고 있다.

제8부

인도,
신과 인간이 함께 사는 땅

인도,
마지막 해외 근무지에서 본 가능성

2011년, 나는 인도 뉴델리 무역관장으로 부임했다. 돌이켜 보면, 인도는 내 공직 생활에서 마지막 해외 근무지였다. 비행기가 인도 상공에 들어섰을 때, 내 마음은 묘하게 복잡했다. 막연한 기대와 함께 어딘가 강렬한 낯섦이 동시에 밀려왔다.

인도라는 나라를 떠올리면 먼저 이런 이미지들이 떠올랐다. 수천 년의 역사를 가진 문명, 신비로운 종교와 문화 그리고 13억 인구가 만들어내는 거대한 인간의 바다. 하지만 그와 동시에 무더운 날씨, 혼잡한 교통, 낯선 생활 환경도 함께 떠올랐다. '과연 이곳에서의 생활은 어떨까?' 그런 생각을 하며 비행기 창 밖을 바라보았다.

뉴델리 공항에서 받은 첫인상

비행기가 뉴델리 공항에 착륙했을 때 가장 먼저 느낀 것은 뜨거운 공기였다. 공항을 나서자, 특유의 향신료 냄새와 먼지 섞인 바람이 동시에 밀려왔다. 도로는 이미 차들로 가득했다. 자동차, 오토릭샤, 오토바이, 자전거, 그리고 소까지. 경적 소리는 끊임없이 이어졌지만, 이상하게도 그 속에는 나름의 질서가 있었다.

나는 그 혼잡한 도로를 바라보며 생각했다. '이 나라, 쉽지는 않겠구나.' 그러나 시간이 지나면서 나는 인도의 또 다른 모습을 보게 되었다.

인도 뉴델리 도심가

젊은 나라

인도는 젊은 나라였다. 당시 인도의 평균 연령은 약 26세였다. 거리에는 젊은 사람들이 넘쳐 났다. 대학 캠퍼스와 IT 기업, 스타트업 사무실에서도 젊은 얼굴들을 쉽게 볼 수 있었다. 그 에너지는 인도의 가장 큰 자산이었다.

중국이 세계의 공장으로 성장했다면 인도는 그 뒤를 이어 다음 세대의 거대한 시장으로 성장할 가능성을 품고 있었다. 실제로 많은 글로벌 기업들이 이미 인도를 주목하고 있었다.

한국 사업가의 이야기

어느 날 나는 인도에서 공장을 운영하고 있는 한국인 사업가를 만났다. 그는 원래 중국에서 제조업을 하던 사람이었다. 나는 그에게 물었다.

"중국과 인도는 어떤 차이가 있습니까?"

그는 잠시 웃으며 말했다.

"중국은 기술 배우는 속도가 너무 빠릅니다."

나는 고개를 끄덕였다. 그는 말을 이어 갔다.

"문제는 그다음입니다. 직원이 기술을 배우면 어떻게 됩니까? 바로 옆에 공장을 하나 세웁니다."

그는 웃으며 덧붙였다.

"그리고 그 공장이 곧 경쟁자가 됩니다."

나는 그 말을 듣고 고개를 끄덕였다.

중국 제조업이 급속히 성장한 이유이기도 했지만, 동시에 외국 기업들에게는 부담이 되는 구조였다. 그러나 그는 인도 이야기를 하면서 다른 말을 했다.

"인도는 조금 다릅니다."

"종업원들이 기술을 배우긴 하지만, 당장 독립해서 경쟁자가 되겠다는 욕심은 비교적 적습니다."

그는 웃으며 말했다.

"그래서 오히려 마음이 편할 때도 있습니다."

인도 산업의 특징

흥미로운 점은, 인도의 제조업 비중이 GDP에서 차지하는 비율이 생각보다 높지 않다는 사실이었다. 중국이 제조업 중심 경제라면 인도는 상대적으로 서비스 산업 중심이었다. IT 산업과 소프트웨어 산업은 이미 세계적으로 경쟁력을 갖추고 있었다.

많은 인도 기업들은 복잡하고 투자 부담이 큰 제조업보다는 수입과 서비스 산업에 더 관심을 보이기도 했다. 어쩌면 그들의 선택은 현실적인 판단일지도 모른다. 그러나 동시에 그것은 또 다른 가능성을 의미하기도 했다.

한국 기술에 대한 관심

내가 뉴델리 무역관에서 근무하면서 느낀 것은 인도 기업들이 한국 기술에 큰 관심을 가지고 있다는 사실이었다. 많은 기업들이 합작 투자나 기술 협력을 제안해 왔다. 그들의 태도는 어딘가 과거 중국의 모습과도 닮아 있었다.

'한국과 함께 성장하고 싶다.' 그들의 말속에는 그런 기대가 담겨 있었다. 나는 그 모습을 보며 생각했다. '지금은 아직 시작 단계일지 모른다.' 그러나 이 거대한 나라가 본격적으로 산업화를 시작한다면 그 파급력은 매우 클 것이다.

인도라는 가능성

인도는 결코 쉬운 나라가 아니다. 행정 절차도 복잡하고, 교통은 여전히 혼잡하며, 문화적 차이도 크다. 그러나 그 모든 어려움 속에서도 이 나라에는 분명한 힘이 있었다. 젊은 인구, 거대한 시장 그리고 끝없는 에너지.

　나는 뉴델리에서 근구하던 시절 가끔 이런 생각을 하곤 했다. '이 나라는 아직 완전히 깨어나지 않았다.' 그러나 언젠가 그 거대한 잠재력이 본격적으로 움직이기 시작한다면 세계 경제의 풍경도 크게 달라질 것이다.

　인도는 지금도 조금씩, 그러나 분명하게 앞으로 나아가고 있다. 그리고 나는 그 변화의 시작을 뉴델리에서 조용히 지켜볼 수 있었다. 그것은 내 해외 근무의 마지막 장이었지만 동시에 또 하나의 거대한 나라가 성장하는 시작을 목격한 시간이기도 했다.

디왈리 축제 행사를 마치고 한자리에 모인 뉴델리 무역관 직원과 필자

바라나시, 삶과 죽음이 만나는 도시

갠지스 강변에서 마주한 인간의 운명

뉴델리에서 비행기로 한 시간 반. 인도의 오래된 도시 바라나시는 갠지스 강을 따라 펼쳐져 있다.

이곳은 단순한 도시가 아니다. 힌두교도에게 갠지스 강은 강이 아니라 여신이다. 사람들은 이 강물에 몸을 담그면 죄가 씻긴다고 믿는다. 죽은 이의 재를 강에 뿌리면 영혼이 다음 세계로 평안히 떠난다고 믿는다. 그래서 수많은 사람들이 이 도시를 찾는다. 삶의 끝을 준비하기 위해, 혹은 삶을 다시 시작하기 위해.

나는 인도에서 근무하던 시절, 한국에서 온 친척들과 함께 이 도시를 찾았다. 인도 생활에 꽤 익숙해졌다고 생각했지만 바라나시에 들어서는 순간, 그 생각은 금세 사라졌다. 이곳은 설명으로 이해할 수 있는 도시가 아니었다. 직접 마주해야만 느낄 수 있는 세계였다.

새벽의 강

바라나시의 하루는 새벽에 시작된다. 안개가 강 위에 내려앉은 시간, 순례자들이 조용히 갠지스 강으로 들어간다. 차가운 물에 몸을 담근 채 두 손을 모으고 기도를 올린다. 강물은 잔잔하게 흐르고, 사람들의 기도 소리는 낮게 울린다. 그 옆에는 관광객들이 서 있다. 카메라를 들고 그 장면을 바라본다.

신앙과 호기심, 경건함과 낯섦

같은 공간에서 서로 다른 세계가 조용히 겹쳐지고 있었다. 꺼지지 않는 불. 조금 더 강가 안쪽으로 들어가자 화장터가 모습을 드러냈다.

장작더미 위에서 불이 타오르고 있었다. 이곳의 불은 하루도 꺼지지 않는다고 한다. 누군가는 지금 막 장작 위에 올려지고 있었고, 누군가는 이미 재가 되어 강물로 흘러가고 있었다. 장작 타는 냄새가 공기 속에 깊이 배어 있었다.

우리 일행은 말을 잃었다. 골목 한쪽에서는 들개가 지나가고, 길 위에서는 소가 천천히 걸어 다닌다. 삶과 죽음이 이 도시에서는 굳이 구분되지 않는 것처럼 보였다.

불편한 풍경

바라나시는 결코 깨끗한 도시가 아니다. 좁은 골목에는 쓰레기가 쌓여 있고, 사람과 동물이 뒤섞여 움직인다. 그래서 여행자는 처음에 당황한다. 그러나 조금 시간이 지나면 다른 장면이 보이기 시작한다. 차를 끓이며 손님을 맞는 상인, 기도를 올리는 노인, 계단에 앉아 강을 바라보는 사람들. 그 사이에서 삶은 아무 일도 없다는 듯 계속되고 있었다.

죽음이 가까이 있어도 삶은 멈추지 않는다. 어쩌면 인간의 삶이란 원래 그런 것인지도 모른다.

화장터에 시신이 도착하면 갠지스 강에 세 번 담근 후 화장한다

같은 풍경, 다른 마음

강가 계단에는 세계 여러 나라에서 온 사람들이 앉아 있었다. 누군가는 충격을 받은 얼굴이었다. 누군가는 깊은 경외심에 잠겨 있었다. 또 누군가는 아무 말 없이 강을 바라보고 있었다.

같은 풍경을 보고도 사람마다 다른 감정을 느끼고 있었다. 그 모습을 보며 나는 생각했다. 바라나시는 단순한 관광지가 아니라 사람에게 질문을 던지는 도시라는 것을.

돌아오는 길

여행을 마친 뒤, 우리 일행은 말수가 적어졌다. 이 여행을 '즐거웠다'거나 '힘들었다'는 말로 정리하기 어려웠기 때문이다.

바라나시는 편안한 추억을 남기는 도시가 아니다. 대신 질문을 남긴다. '우리는 왜 살아가는가? 그리고 죽음을 어떻게 바라보고

있는가?'

삶을 바라보는 또 다른 방식

우리는 보통 죽음을 멀리 두려고 한다. 가능하면 보지 않으려 하고, 생각하지 않으려 한다. 그러나 바라나시에서는 죽음이 삶의 한가운데에 있다. 사람들은 그것을 숨기지 않는다. 오히려 자연스럽게 받아들인다. 어쩌면 그래서 이곳 사람들은 삶을 더 담담하게 살아가는지도 모른다.

죽음을 두려워하기보다 삶의 일부로 받아들이는 태도. 그것은 삶을 더 진지하게 바라보는 또 다른 방식일지도 모른다.

여행이 남긴 질문

그날 이후 나는 알게 되었다. 여행이 항상 즐거울 필요는 없다는 것을. 어떤 여행은 아름다운 풍경 대신 하나의 질문을 남긴다. 그리고 그 질문은 여행이 끝난 뒤에도 오래도록 우리 삶을 따라온다.

바라나시가 내게 그랬다. 갠지스 강 위로 흘러가던 그 조용한 물결처럼.

무케르지 대통령과의 짧은 인연

한 번의 악수가 남긴 기억

2020년 8월의 마지막 날이었다. 뉴스 화면 아래 자막 하나가 눈에 들어왔다.

'인도 전임 대통령 프라나브 무케르지, 코로나19로 별세.'

잠시 화면을 바라보았다. 코로나19가 세계를 뒤흔들던 시기였다. 많은 사람들이 희생되었지만, 한 나라의 전직 대통령이 이 병으로 세상을 떠났다는 소식은 묘한 충격을 주었다. 권력도, 명예도, 지위도, 이 보이지 않는 바이러스 앞에서는 아무 의미가 없다는 사실을 다시 느끼게 했기 때문이다.

뉴스 속 그의 사진을 한동안 바라보고 있는데, 문득 십여 년 전의 한 장면이 떠올랐다. 그와 내가 짧은 악수를 나누던 순간이었다.

뉴델리의 뜨거운 하루

2012년, 인도 뉴델리. 그해 나는 뉴델리무역관에서 근무하고 있었다. 그리고 인도에서 열리는 역대 최대 규모의 한국 산업박람회 실무 책임을 맡고 있었다. 한국 기업들이 인도 시장에 본격적으로 진출하기 위한 중요한 행사였다.

당연히 우리는 이 행사의 격을 높이기 위해 인도 최고의 인사를 초청하고 싶었다. 그래서 초청장 명단에 조심스럽게 한 이름을 올렸다. 프라나브 무케르지 대통령. 당시 그는 인도 정치의 상징적인 인물이었다.

초청장은 공식 절차를 통해 대통령 궁으로 전달되었다. 하지만 시간이 지나도 아무 답이 없었다. 행사 날짜는 점점 다가왔고, 우리는 결국 이렇게 결론을 내렸다.

"대통령 참석은 어렵겠군."

어쩌면 당연한 일이었다.

개막 하루 전, 예상 밖의 연락

그런데 개막을 하루 앞둔 날이었다. 갑자기 연락이 왔다.

"대통령께서 참석하십니다."

순간 사무실 공기가 완전히 달라졌다. 기쁨보다 먼저 찾아온 것은 긴장이었다.

"내일 대통령이 온다고?"

"준비가 되어 있나?"

대통령 경호팀이 행사장을 점검하기 시작했다. 경호 동선을 다시 확인하고, 의전 순서를 수정하고, 행사장을 다시 정비했다.

나는 그날 밤 거의 잠을 자지 못했다. 대통령에게 박람회를 설명해야 했기 때문이다. 통역 없이 직접 영어로 설명해야 했다. 설명문을 수십 번 고쳤다. 그리고 또 외웠다.

대통령이 나타나다

다음 날, 뉴델리의 햇빛은 여전히 뜨거웠다. 행사장 앞에는 인도의 삼색기가 바람에 흔들리고 있었다.

그리고 예정된 시간. 검은 차량 행렬이 행사장 앞에 멈췄다. 차문이 열렸다. 무케르지 대통령이 내렸다. TV에서 보던 모습과는 조금 달랐다. 체구는 생각보다 작았지만, 눈빛에는 묘한 여유가 있었다. 무엇보다, 온화한 미소가 인상적이었다.

심장이 뛰던 순간

나는 그를 안내하며 박람회장을 걸었다. 심장이 꽤 크게 뛰고 있었다. 한국 기업들의 기술을 설명했다.

"이 기업은 한국의 첨단 제조 기술을…"

"이 제품은 인도 시장에서도…"

대통령은 조용히 듣고 있었다. 가끔 고개를 끄덕였고, 때로는 질문을 던졌다. 그 질문은 짧았지만 정확했다. 그 순간 나는 깨달았다. '아, 이분은 오랫동안 정치를 해 온 사람이다.'

한 번의 악수

행사가 끝나고, 대통령이 떠나기 전이었다. 그가 내 쪽으로 다가왔다. 그리고 손을 내밀었다.

"잘 준비된 훌륭한 행사였습니다. 감사합니다."

짧은 말이었다.

나는 그의 손을 잡았다. 생각보다 부드럽고 따뜻한 손이었다. 나는 그 순간, 조금 세게 악수를 했던 것 같다. 지금 생각하면 조금 무례했을지도 모르겠다. 하지만 그때는 그저 진심을 전하고 싶었다.

몇 초의 기억

그 악수는 몇 초밖에 되지 않았다. 특별한 대화를 나눈 것도 아니었다. 그러나 이상하게도 그 순간의 장면은 지금도 또렷하다.

뉴델리의 뜨거운 햇빛, 행사장의 소음 그리고 그의 손에서 느껴지던 따뜻한 온기. 그 모든 것이 마치 한 장의 사진처럼 기억 속에 남아 있다.

프라나브 무케르지 인도 대통령 한국상품전시관 안내 장면

인연이라는 것

뉴스에서 그의 별서 소식을 들었을 때, 나는 잠시 그 악수를 떠올렸다.

인생은 수많은 사람들과 스쳐 지나간다. 대부분의 만남은 시간이 지나면 기억 속에서 사라진다. 그러나 어떤 만남은 아무리 짧아도 오래 남는다. 무케르지 대통령과의 인연이 나에게는 그런 기억이다. 권력의 정점에 있던 대통령이 아니라 그날 행사장에서 만난 한 인간의 따뜻한 손으로 기억되는 사람.

나는 조용히 그의 사진을 다시 바라보았다. 그리고 마음속으로 말했다. '편히 쉬십시오.'

그날의 악수는 지금도 내 기억 속 어딘가에서 조용히 온기를 남기고 있다.

소고기 한 접시가 부른 아찔한 사건

서울 한복판에서 벌어진 작은 문화 충돌

이 이야기는 한국말이 유창한 인도 청년 아툴(31세)이 서울에서 죽을 뻔한 사건에 관한 것이다. 사건의 원인은 단순했다. 소고기 한 점. 그러나 그 한 점의 고기는 문화와 종교 그리고 우정을 동시에 시험하는 작은 사건이 되었다.

인도에서 소는 단순한 동물을 넘어 '어머니'이자 신성한 존재로 숭배받는다

서울의 어느 밤

서울의 밤거리는 화려했다. 네온사인이 번쩍이고, 길거리에는 사람들이 가득했다. 그 한복판에서 인도에서 온 출장자 아툴은 한국 친구들과 함께 고깃집에 앉아 있었다. 테이블 위에서는 숯불이 활활 타고 있었고, 그 위에서는 삼겹살이 지글지글 익어 가고 있었다. 고기 굽는 냄새가 가게 안을 가득 채웠다.

아툴은 약간 긴장한 표정으로 주변을 둘러보고 있었다. 분위기는 전혀 인도 델리의 식당과 달랐다. 옆 테이블에서는 사람들이 큰 소리로 웃고 있었고, 어디선가 "건배!" 하는 소리가 계속 들렸다. 그때 한국 친구 지훈이 말했다.

"아툴, 오늘 특별한 걸 준비했어."

아툴이 고개를 들었다.

"특별한 거?"

지훈은 의미심장한 미소를 지었다.

"서울에서 제일 맛있는 고기야."

옆에 있던 친구들이 슬쩍 서로 눈을 마주쳤다. 어딘가 수상한 분위기였다.

인도인의 질문

아툴은 조심스럽게 물었다.

"그런데… 이거 무슨 고기야?"

인도에서 자란 그에게 고기는 늘 조심스러운 주제였다. 특히 소는 더욱 그랬다. 인도 거리에서는 소가 차 앞을 막아도 사람들은 경적을 울리지 않는다. 조용히 기다릴 뿐이다. 힌두교에서 소는 단순한 가축이 아니라 신성한 존재이기 때문이다. 그래서 아툴은 다시 한번 확인했다.

"양고기지?"

지훈이 고개를 끄덕였다.

"그럼! 한국식 양고기야."

옆에 있던 친구들도 일제히 맞장구를 쳤다.

"맞아, 맞아."

아툴은 안심한 표정으로 웃었다.

운명의 한 점

지훈은 정성스럽게 고기를 뒤집었다. 노릇하게 익은 꽃 등심 한 점을 집어 아툴의 접시에 올려 주었다.

"이거 꼭 먹어 봐."

아툴은 젓가락으로 그 고기를 집었다. 입안에 넣는 순간, 육즙이 터졌다. 눈이 동그랗게 커졌다.

"이건… 이건…."

잠시 말을 잇지 못했다.

그 표정을 보던 친구들이 참지 못하고 웃음을 터뜨렸다. 지훈이 말했다.

"아툴."

"왜?"

"사실 그거… 소고기야."

순간 얼어붙은 공기

그 말이 떨어지자, 아툴의 얼굴이 굳어졌다. 젓가락이 공중에서 멈췄다. 테이블 위의 웃음도 순식간에 사라졌다. 지훈의 얼굴이 창백해졌다. '아, 이거 큰일 난 건가?' 누군가 조심스럽게 물었다.

"아툴… 괜찮아?"

아툴은 아무 말도 하지 않았다. 그리고 천천히 고개를 들었다. 너무나 진지한 얼굴이었다. 마침내 입을 열었다.

"나는…."

모두 숨을 죽였다.

"… 죽을 것 같아."

반전

순간 식당 안의 공기가 얼어붙었다. 지훈은 진짜로 식은땀이 흘렀다. 그때였다. 아툴의 입가에 천천히 미소가 번졌다. 그리고 말했다.

"너무 맛있어서 죽을 것 같다고!"

순간 테이블이 폭발했다. 모두 배를 잡고 웃기 시작했다. 아툴도 함께 웃었다. 그리고 태연하게 고기 한 점을 더 집어 들었다. 신에게는 조금 미안하지만, 아툴은 고기를 씹으며 말했다.

"신께 조금 미안하긴 해."

친구들이 웃으며 물었다.

"그래도 괜찮아?"

아툴은 어깨를 으쓱했다.

"이 맛이라면… 신도 이해해 주실 거야."

그리고 장난스럽게 덧붙였다.

"하지만 이건 비밀이야."

"왜?"

"우리 가족이 알면 나 인도 못 돌아가."

그날 밤의 교훈

그날 밤 술잔이 몇 번 더 부딪혔다. 서울의 밤거리는 여전히 시끄러웠고, 고깃집에서는 고기가 계속 익어 가고 있었다.

문화의 경계는 때때로 예상치 못한 곳에서 흔들린다. 그러나 웃음이 함께하면 그 경계는 생각보다 쉽게 넘어지기도 한다.

아툴은 그날 이후 한국 소고기의 열렬한 팬이 되었다. 물론 아주 비밀스럽게. 인도어 있는 가족에게는 지금도 말하지 못한 채 말이다.

한국에서 받은 또 다른 문화 충격, 찜질방

찜질방에서 하룻밤

인도 델리의 네루대학교에서 한국어를 전공한 아툴(28세)은 한국 말을 꽤 유창하게 했다. 한국 드라마도 즐겨 봤고, 김치찌개도 좋아했다. 그래서 그는 종종 이렇게 말하곤 했다.

"한국 문화? 나 꽤 잘 알아."

하지만 그것은 찜질방을 경험하기 전까지의 이야기였다.

오늘은 특별한 숙소다

한국에 온 지 이틀째 되는 날이었다. 아툴은 한국 친구 세 명과 함께 강원도로 여행을 떠났다. 동해 바다도 보고, 산도 오르고, 저녁에는 회와 소주까지 곁들였다. 여행의 하루가 기분 좋게 마무리되던 순간, 친구들이 말했다.

"아툴, 오늘 숙소는 특별한 데로 가자."

"호텔?"

"아니."

"모텔?"

친구들이 동시에 외쳤다.

"찜질방!"

아툴은 고개를 끄덕였다. 하지만 그의 머릿속에서는 '찜질방'이라는 단어가 이상하게 번역되고 있었다. 'Jimjil-bang… 음… 뭔가 한국식 부티크 모텔 같은 건가?' 그는 속으로 생각했다. '한국식 로컬 숙소 체험인가 보군.'

이상한 숙소

건물 4층에 도착하자 친구들이 먼저 들어갔다. 아툴은 잠시 밖에서 담배를 피우며 생각했다. '한국 모텔은 어떤 분위기일까?' 잠시 후 안으로 들어가자, 직원이 작은 번호표를 건네주었다. 아툴은 고개를 끄덕였다. '아하, 이게 방 키군.'

직원이 말했다.

"신발 벗고 저쪽 문으로 들어가세요."

아툴은 조금 놀랐다. '신발을 벗고 들어가는 모텔이라…. 역시 한국은 전통적인 나라군.'

그는 문을 열었다.

예상 밖의 장면

문을 열자마자 아툴은 그대로 얼어붙었다. 눈앞에 나이 지긋한 남성이 서 있었다. 문제는 그가 아무렇지도 않게 몸을 드러낸 채서 있었다는 것이었다.

아툴의 머릿속이 하얘졌다. '… 뭐지?'

그는 주변을 둘러봤다. 그 남자만 그런 것이 아니었다. 여러 명의 남성들이 수건 하나만 두르고 돌아다니고 있었다. 누군가는 물속에 있었고, 누군가는 바닥에 누워 있었다. 아툴의 머릿속에 온갖 생각이 스쳐 지나갔다.

'설마… 여기가… 한국의 동성 연애 모임 장소인가?'

그는 순간 크게 당황했다.

친구들의 외침

그때였다. 탕 속에서 친구가 손을 흔들며 소리쳤다.

"야, 아툴! 빨리 옷 벗고 들어와!"

그 순간, 아툴의 머릿속에서 번개가 쳤다. '사우나! 이건 모텔이 아니라 공중목욕탕이었구나!' 공포감은 조금 사라졌지만, 새로운 부끄러움이 몰려왔다. 28년 인생, 이렇게 많은 사람 앞에서 옷을 벗어 본 적이 없었다. 그는 수건을 꼭 끌어안고, 고개를 푹 숙인 채 조심조심 걸어갔다. 마치 지뢰밭을 행군하는 병사처럼.

그러나 운명의 장난은 항상 부끄러운 순간을 노린다. 발밑에 미끄러운 비눗물이 도사리고 있는 줄 몰랐다.

"어어어억!"

쾅! 아툴은 대자로 바닥에 넘어졌다. 넘어지면서 본능적으로 바닥을 잡으려던 두 손이 땅에 닿는 바람에, 지금껏 수건으로 감추고 있던 '그곳'이 당당하게 하늘을 향해 포효했다. 시간이 멈춘 듯했다. 주변의 모든 시선이 한곳에 집중되었다. 잠시간 정적 뒤, 친구들의 폭소가 울려 퍼졌다.

"아툴! 거기서 스카이다이빙 연습 하냐?"

"야, 그건 한국식 인사야? 하늘에 경례하는 거야?"

아툴은 얼굴이 불속에 들어간 것처럼 달아올랐다. 그는 재빨리 몸을 웅크리고, 수건을 다시 잡았다. 이 순간은 평생 잊히지 않을 것 같았다.

목욕을 마친 뒤, 친구들이 설명했다.

"사실 호텔보다 여기서 자는 게 훨씬 싸."

"목욕도 할 수 있고."

"그리고 찜질방에서 그냥 자면 돼."

아툴이 놀라서 물었다.

"여기서… 자?"

친구가 웃었다.

"한국 여행객들 다 이렇게 해. 모텔비 아끼는 최고의 방법이야."

아툴은 그제야 웃음을 터뜨렸다.

"그러니까… 여러분은 나를 로맨틱한 숙소가 아니라…."

친구들이 동시에 말했다.

"가성비 숙소에 데려온 거지!"

찜질방에서의 첫 밤

그날 밤 아툴은 찜질복을 입고 찜질방 바닥에 누워 있었다. 주변에는 사람들이 이불도 없이 여기저기 누워 자고 있었다. 누군가는 코를 골고 있었고, 누군가는 TV를 보고 있었다. 아툴은 천장을 바라보며 중얼거렸다.

"한국은 정말… 놀라운 나라야."

친구가 물었다.

"왜?"

아툴이 웃으며 말했다.

"목욕탕에서 자는 나라니까."

아툴의 한국 여행 교훈

그날 이후 아툴은 이 이야기를 자주 했다. 그리고 항상 이렇게 말했다.

"한국에서 배운 중요한 교훈이 있다."

사람들이 물었다.

"뭔데?"

아툴이 손가락을 세며 말했다.

"첫째, 찜질방은 모텔이 아니다. 둘째, 한국 친구가 '특별한 숙소'라고 말하면 의심해야 한다."

그리고 마지막으로 말했다.

"셋째… 그래도 찜질방에서 자는 건 생각보다 재미있다."

그리고 웃으며 덧붙였다.

"단, 처음 들어갈 때는 절대 놀라지 말 것. 그리고 마지막으로, 때로는 부끄러움도 함께 나누면 추억이 된다는 거!"

제9부

은퇴 후 삶의 의미

인생의 두 번째 항해

2014년 초여름, 코트라 건물을 나서는 순간, 나는 잠시 걸음을 멈췄다. 정문 앞에서 뒤돌아보니, 삼십 년을 드나들던 건물이 그날 따라 낯설게 보였다.

누군가에게는 평생의 직장을 떠나는 쓸쓸한 날일지 몰랐다. 하지만 이상하게도 내 마음은 가벼웠다. 그날은 퇴직의 날이 아니라, 내 인생의 두 번째 출발선에 선 날이었기 때문이다.

꿈을 향한 첫걸음

내가 국제 무역을 꿈꾸기 시작한 건 20대 무렵이었다. 첫 직장이 흔들릴 때 작은 사업을 벌인 적이 있었다. 지금 생각하면 사업이라고 부르기도 민망할 만큼 소박한 일이었지만, 그 경험은 내 인생에 강렬한 흔적을 남겼다. 처음으로 물건을 사고팔고, 돈이 오가는 흐름을 경험하면서 가슴이 뛰었다. 그때 나는 마음속으로 말했다. '나는 국제 무역인이 되겠다.' 그 한 문장이 내 인생의 방향을 정했다.

그 후 나는 코트라에 입사했고, 그렇게 무역 현장에서 삼십 년의 시간을 보냈다.

해외에서 커진 또 하나의 꿈

코트라 생활에서 가장 설레는 순간은 언제나 해외 근무 발령이었다. 캐나다에서 근무하던 시절, 눈 덮인 거리를 걸으며 이런 생각을 했다. '이곳에서 살아도 괜찮겠는데.'

미국에서 근무할 때도 마찬가지였다.

교민들은 늘 말했다.

"왜 귀국하세요? 그냥 여기서 사시죠."

실제로 1970-80년대 미국에 근무했던 많은 선배들이 그곳에 정착했다. 그들의 삶은 자유롭고 여유로워 보였다. 나 역시 자연스럽게 같은 꿈을 꾸기 시작했다. 미국 근무를 마칠 즈음, 나는 영주권까지 손에 넣었다. 이제 남은 것은 단 하나였다. '결정.'

하지만 막상 사표를 내려니 마음이 무거웠다. 회사 사택, 차량, 의료 보험… 퇴직과 동시에 사라질 안정적인 삶이 눈앞에 아른거렸다. 나는 결국 결심했다.

"정년까지 채우자. 그리고 그때 다시 시작하자."

선택의 기로

세월은 생각보다 빨리 흘렀다. 삼십 년의 코트라 생활이 끝나 갈 무렵, 뜻밖의 제안들이 들어오기 시작했다. 서울의 한 대학에서 교수직을 맡아 달라는 추천이 들어왔고, 부산의 C대학에서는 인도학과 학과장 자리까지 제안해 왔다. 누가 봐도 안정적이고, 명예로운 길이었다.

주변 사람들은 하나같이 말했다.

"그 정도면 최고의 선택이지."

하지만 이상하게도 내 마음은 움직이지 않았다.

어느 날 문득 이런 생각이 들었다. '나는 평생 남의 조직에서만 일했구나.' 그 순간, 마음속에서 또 다른 목소리가 들렸다. '이제는 내 회사를, 내 손으로 운영해 보자.'

나는 모든 제안을 정중하게 거절했다.

바닥에서 시작한 회사

그렇게 나는 양재동의 작은 사무실에서 회사를 시작했다. 직원은 나를 포함해 네 명. 자본도 없고, 인지도도 없었다. 정말 맨땅에 헤딩이었다. 마지막 근무지였던 인도가 자연스럽게 사업 파트너가 되었다.

사업은 두 갈래였다. 첫째, 국내 기업의 인도 수출을 돕는 일. 둘째, 인도에서 원자재를 수입해 국내 기업에 공급하는 일이었다.

다행히 네 개 회사와 계약을 맺었다. 매달 2천~3천 달러의 리테이너 수수료와 성사 시 2~3%의 수수료. 큰돈은 아니었지만, 회사가 숨을 쉴 수 있는 최소한의 산소였다.

첫 성공의 순간

6개월쯤 지났을 때였다. 네 기업 중 두 곳이 인도 수출에 성공했다. 그중 하나는 자동차용 플라스틱 부품 재생 원료였다. 품질 검증에만 반년이 걸렸다. 하지만 한 번 거래가 트이자, 매달 세 컨테이너씩 꾸준히 나갔다. 또 다른 기업의 건축 인테리어 자재는 물량은 적었지만, 거래가 자주 일어났다. 조금씩 회사가 살아 움직이기 시작했다.

무역의 냉혹한 현실

그러나 무역은 늘 순탄하지만은 않았다. 인도에서 건축자재용 재생 원료(HIPS)를 수입하여 국내 제조업체에게 보급하는 사업이 있었다. 국내에서는 원료가 부족해 매우 수익성이 높은 사업이었다.

처음에는 모든 것이 순조로웠다. 매달 3컨테이너씩 수입하여 국내 제조업체에 공급했다. 하지만 어느 날 문제가 터졌다. 품질 문제였다. 인도 업체의 품질 관리가 허술했던 것이다. 거래처가 하나둘 등을 돌리기 시작했다. 그러나 나는 포기하지 않았다. 중국을 통한 삼각무역으로 활로를 찾았다. 다시 시장을 열었고, 중국 업체와 거래가 시작됐다. 나는 인도 업체에게 몇 번이나 당부했다.

"이번만큼은 품질 관리에 목숨 걸어라."

하지만 결과는 같았다. 결국 거래는 또 끊어졌다. 그때 나는 무역의 냉혹한 진실을 깨달았다. '품질은 협상의 대상이 아니라 생존의 조건이다.'

또 하나의 깨달음

몇 년이 지나 또 다른 일이 생겼다. 내가 시장을 개척해 인도 수출을 도와주던 한 업체가 있었다. 물량이 점점 늘어나던, 우리 회사의 중요한 고객이었다. 3년 계약이 끝나 갈 무렵이었다. 그 회사에서 연락이 왔다.

"대표님, 재계약은 어렵겠습니다."

이유는 간단했다.

"수수료가 부담됩니다. 이제 우리가 직접 하겠습니다."

서운하지 않았다면 거짓말이다. 하지만 그 회사 덕분에 우리 회사가 버텨 온 것도 사실이었다. 대신 그 경험은 내게 아주 중요한 교훈을 남겼다. 내 상품이 없으면, 수출 성과도 결국 남의 것이다. 그날 이후 나는 마음속으로 결심했다. '내 브랜드 상품을 만들어야 한다.'

운명처럼 찾아온 기회

전환점은 예상하지 못한 곳에서 찾아왔다. 인도 근무를 마치고 귀국할 때였다. 이삿짐 속에 강황 원두 50kg이 들어 있었다. 그중 일부를 직원들에게 나눠 줬다.

며칠 뒤, 한 직원이 말했다.

"대표님, 이거 당근마켓에 한번 올려 볼까요?"

나는 웃으며 말했다.

"그래, 한번 해 봐."

결과는 놀라웠다. 올리자마자 완판. 나는 그 순간 직감했다. '아, 바로 이거다.'

새로운 길

우리는 강황을 직접 수입하기 시작했다. 자체 브랜드를 만들고 온라인 판매를 시작했다. 반응은 기대 이상이었다.

이후 건강식품으로 방향을 넓혔다. 폴란드에서 아로니아를 수입했고, 마침 TV 방송에서 아로니아가 소개되면서 판매는 폭발적으로 늘어났다.

수입선은 불가리아까지 확장됐다. 그 뒤로도 칠레에서 마퀴베리 등 여러 나라에서 다양한 건강식품을 들여왔다. 그렇게 회사는 10

년을 버텨 냈다.

돌아보니, 스무 살 때 꿈꾸던 것처럼 거대한 국제 무역상이 되지는 못했다. 하지만 나는 내 손으로 회사를 만들었고, 10년 이상 단한 번의 실패 없이 회사를 운영했다. 이 사실만으로도 나는 충분히 만족한다.

가끔 사람들은 묻는다.

"인생에서 언제가 가장 행복했습니까?"

나는 잠시 생각하다가 늘 같은 대답을 한다.

"아마도 60대였을 겁니다."

대부분의 사람들이 인생의 황금기를 청춘이라고 말한다. 하지만내게 가장 뜨거웠던 시간은 모든 것을 다시 시작했던 그 나이였다.돌아보면 그 시간들은 나를 한 번도 배신한 적이 없다.

아마도 인생은 젊음이 아니라 도전하는 순간에 가장 뜨거워지는것인지도 모른다.

내 나이 10년만 젊었으면…

가을이 깊어 가던 어느 날이었나. 넓은 들판 위로 햇살이 기울어 있었고, 억새풀은 황금빛으로 물들어 바람에 몸을 맡긴 채 천천히 흔들리고 있었다. 걸음을 옮길 때마다 발밑에서 사각사각 풀잎이 스쳤다. 마치 오래된 기억들이 발자국을 따라 일어나는 것처럼. 나는 그 들판을 천천히 걸으며 문득 이런 생각을 했다.

"내 나이… 10년만 젊었으면 좋겠다."

그 말이 입 밖으로 나오자, 나도 모르게 웃음이 났다. 그 나이에 어울리지 않는 철없는 생각처럼 느껴졌기 때문이다. 하지만 이상하게도 그 생각은 쉽게 사라지지 않았다. 사람은 왜 같은 생각을 할까. 돌이켜 보면, 이런 말을 한 번쯤 하지 않은 사람이 있을까 싶다.

마흔은 서른을 그리워하고, 쉰은 마흔을 아쉬워하며, 일흔이 되면 예순을 그리워한다. 마치 단풍이 든 나무가 여름의 푸른 잎을 떠올리듯, 사람도 지나간 시간 속에서 가장 빛났던 순간을 다시 꺼내어 바라보는 것 같다.

나 역시 그랬다. 젊은 날 이루지 못한 꿈 때문일까? 아니면 아무 걱정 없이 뛰어다니던 청춘 그 자체가 그리워서일까? 가을 들판을 걸으며 나는 문득 젊은 시절의 나를 떠올렸다. 무엇이든 할 수 있을 것 같던 시간. 세상이 끝없이 넓어 보이던 날들. 실패해도 다시 일어설 힘이 넘치던 시절. 그 모든 것들이 어느새 지나간 계절이 되어 있었다. 시간은 거꾸로 흐르지 않는다. 하지만 아무리 생각해도 하나는 분명했다. 시간의 강은 거꾸로 흐르지 않는다.

가을이 오면 겨울이 오고, 겨울이 지나야 봄이 온다. 누구도 그 순서를 바꿀 수 없다. 그래서일까? '10년만 젊었으면…' 하는 생각은 아마도 끝없이 이어질 것이다. 지금 내가 바라는 그 10년 뒤에는 또 이렇게 말하고 있을지 모른다.

"아, 그때가 좋았지."

인생이란 그런 것인지도 모른다. 지나간 시간을 그리워하면서도, 다시 돌아갈 수 없다는 사실을 너무 잘 아는 것.

어느 여름날의 깨달음

몇 해 전 한여름이었다. 숨이 막힐 듯 더운 날이었는데, 나는 괜히 투덜거리고 있었다.

"아이고, 더워 죽겠네."

그때 문득 이런 생각이 스쳤다. '이 더위도 몇 번이나 더 겪을 수 있을까?' 그 순간 더위가 갑자기 소중하게 느껴졌다. 땀이 흐르는 여름도, 비 내리는 날의 산책도, 바람 부는 가을도. 사실은 모두 한 번 지나가면 다시 돌아오지 않는 시간이었다.

우리는 늘 다음 계절을 기다리지만, 지나간 계절을 다시 살 수는 없다.

오늘이라는 계절

그래서 요즘 나는 이런 생각을 자주 한다. 내일을 위해 오늘을 너무 아끼지 말자고. 어제를 후회하느라 지금을 흘려보내지 말자고. 인생이란 결국 오늘이라는 작은 조각들이 모여 만들어지는 것이니까. 슬픔보다 웃음을 더 오래 붙잡고, 걱정보다 건강을 더 소중히 여기며 지금 이 순간을 조금 더 천천히 살아 보자고.

가을 들판에서

다시 들판으로 시선을 돌렸다. 억새풀이 바람에 일제히 흔들리고 있었다. 잠시 후면 겨울이 올 것이다. 그리고 또 봄이 오겠지. 자연은 그렇게 아무 말 없이 시간을 흘려보낸다.

우리 인생도 그와 다르지 않을 것이다. 아쉬움도, 후회도, 기쁨도 모두 이 넓은 들판 위에 내려앉는 서리와 이슬 같은 것일 테니까.

나는 가을 햇살을 등에 받으며 잠시 서 있었다. 그리고 조용히 마음속으로 말했다. '그래도 괜찮다.' 10년이 젊어지지 않아도 괜찮다. 다시 돌아갈 수 없어도 괜찮다. 지금 이 순간이 아직 내 곁에 있으니까.

가을 햇살은 생각보다 따뜻했다. 시간은 계속 흘러가겠지만, 오늘의 이 온화함만큼은 내 마음속 어딘가에 오래 남아 있을 것 같았다.

연어처럼 그곳으로 돌아간다

4월이 오면 아파트 도로가 사이로 벚꽃이 흩날렸다. 마치 겨우내 얼어붙어 있던 시간들이 꽃잎이 되어 하늘에서 천천히 풀려 내려오는 것처럼.

창가에 앉아 있으면 봄바람이 커튼을 살짝 밀어 올리고, 햇살이 마루를 따라 조용히 번졌다. 그럴 때면 마음속 어딘가에 꼭 잠가 두었던 문이 스르르 열리곤 했다. 잊고 지냈던 얼굴들이 하나둘 떠올랐다. 이름도, 목소리도, 웃음도. 봄은 늘 그런 계절이었다. 잊은 줄 알았던 것들을 조용히 다시 불러내는 계절.

그날도 그랬다. 나는 창가에 앉아 마당 끝에 서 있는 감나무를 바라보다가 문득 한 이름을 떠올렸다. 김순희.

시골 초등학교를 함께 다니던 여자 동창이었다. 졸업 이후 단 한 번도 연락하지 못한 채, 세월만 사십 년 가까이 흘러 버린 친구.

'잘 살고 있을까…? 아직도 고향을 기억할까…?' 갑자기 궁금해졌다.

나는 서랍 속 오래된 수첩을 꺼냈다. 종이 사이사이는 누렇게 바래 있었고, 볼펜 글씨는 조금 번져 있었다. 한 장 또 한 장 넘기다가 마침내 그녀의 이름을 찾았다. 김순희. 옆에는 전화번호가 적혀 있었다. 잠시 망설이다가 번호를 눌렀다. 신호음이 몇 번 울린 뒤,

전화가 연결되었다.

"여보세요?"

낯선 여자의 목소리였다.

나는 괜히 장난기가 생겼다. 숨을 한번 고르고 일부러 딱딱한 목소리로 말했다.

"지도 서교를 졸업한 긴순희 맞습니까?"

수화기 너머에서 잠깐 침묵이 흘렀다. 그리고 조심스러운 목소리가 돌아왔다.

"누구세요?"

사십 년의 세월이 흘렀으니 당연했다. 얼굴도, 목소리도 기억 속에서 희미해졌을 테니까. 사실 내 이름만 말하면 금방 알아볼 텐데. 나는 괜히 장난을 계속해 보고 싶었다. 마치 오래된 문을 살짝 두드리듯, 다른 방식으로 시간을 깨워 보고 싶었다. 그래서 나는 갑자기 말했다.

"당촌… 탑세이… 등그럼… 원달리… 내도… 지싱게… 탄동… 후촌… 묘동."

어릴 적 하루에도 몇 번씩 오가던 동네와 지역 이름들이었다. 소나기 맞으며 뛰어다니던 들판, 학교 길을 넘나들던 산자락, 고향 사람이 아니면 절대 알 수 없는 이름들이었다.

잠시 뒤, 수화기 너머에서 웃음이 터졌다. 처음에는 작은 웃음이었다.

"푸흐…"

그러다가 점점 커졌다.

"하하하하!"

마치 오래 참아 왔던 웃음이 한꺼번에 터져 나오는 것처럼, 숨이 찰 정도로 웃었다. 그리고 그녀가 말했다.

"야, 너 고향 사람이지?"

나는 아무 말도 하지 않았다. 잠시 뒤 그녀가 다시 물었다.

"너 누구냐?"

그 한마디에 나는 결국 웃으며 말했다.

"나야. 경율."

그러자 그녀는 또 한 번 크게 웃었다.

"아이고, 네가 살아 있었네!"

그 말에 나도 모르게 웃음이 터졌다. 그 순간이었다. 사십 년이라는 시간이 갑자기 툭 접혀 버렸다. 전화기 너머에 있는 사람이 아니라 바로 옆에서 이야기하는 것 같았다.

우리는 어느새 어린 시절로 돌아가 있었다. 운동장에서 흙먼지를 뒤집어쓰고 뛰어다니던 오후. 해 질 때까지 하굣길에서 수다를 떨던 날들. 기억들이 파노라마처럼 지나갔다.

우리는 서로의 현재를 묻지 않았다. 대신 이런 이야기만 했다.

"야, 우리 동네 감나무 아직 있나?"

"마을 어귀 우물 기억나?"

"그때 그 선생님 살아 계실까?"

그녀는 지금 포항에서 살고 있다고 했다. 같은 마을 친구와 결혼해서 오래전에 고향을 떠났다고 했다. 하지만 말끝마다 고향 냄새가 묻어났다. 그러다 그녀가 조용히 말했다.

"가끔 꿈에서 우리 동네가 나와."

나는 아무 말도 하지 못했다. 그 말이 이상하게 마음 깊이 남았다. 몸은 멀리 떨어져 살아도, 마음은 아직도 고향 어귀를 서성이고 있다는 뜻 같았다.

연어는 자기가 태어난 강을 잊지 않는다. 수천 리 바다를 헤엄쳐 다시 그곳으로 돌아와 알을 낳고 생을 마친다. 사람들은 그것을 귀소 본능이라고 부른다.

나는 전화를 끊고 한동안 창밖을 바라보았다. 문득 이런 생각이 들었다. 어쩌면 인간에게도 그런 본능이 있는 건 아닐까?

나이가 들수록 새것보다 오래된 것이 좋고, 낯선 사람보다 옛 친구가 편안해지는 이유. 그곳에는 우리가 처음 웃고, 처음 꿈꾸고, 처음 실패했던 시간들이 그대로 남아 있기 때문일 것이다.

그 시절 우리는 가난했지만 서로의 이름을 크게 부르며 웃을 줄 알았다. 내일을 두려워하지 않았고, 세상이 얼마나 넓은지도 모른 채 작은 마을 안에서 충분히 행복했다.

요즘 나는 가끔 옛 친구들의 이름을 떠올린다. 혹시라도 연락이 닿을까? 이 세상 어딘가에서 나처럼 봄을 맞고 있을까? 그리고 마음속으로 조용히 불러 본다.

필자가 태어난 사옥도 당촌 마을 전경

봄은 그래서 고맙다. 잊고 지냈던 사람들을 다시 불러내고, 메말랐던 마음에 조용히 초록을 틔워 주는 계절이기 때문이다. 벚꽃이 지면 또 한 해가 지나가겠지만, 내 마음속 고향은 여전히 그 자리에 남아 있을 것이다. 그리고 언젠가 또 다른 봄날, 나는 아마 다시 전화를 걸게 될지도 모른다. 그리고 이렇게 물을 것이다.

"지도 서교를 졸업한 김순희 맞습니까?"

그 질문은 단순한 안부가 아니다. 그리움이고, 기억이고, 우리 모두 마음속에 가지고 있는 조용한 귀소 본능에 대한 고백일 것이다.

작은 '안식처'를 꿈꾸다

사람은 어느 나이가 되면 문득 이런 생각을 한다. '이제 어디에서, 어떻게 살아야 할까?'

젊은 시절에는 그런 질문을 할 틈도 없이 바쁘게 달린다. 직장, 사업, 가족, 책임…. 하루하루가 숨 가쁘게 흘러간다. 그러다 어느 날 뒤돌아보면 인생의 한 계절이 이미 지나가 있다.

나 역시 그랬다. 어느 순간 마음속에 아주 소박한 꿈 하나가 자리 잡기 시작했다. '나만의 작은 안식처를 하나 만들고 싶다.'

작은 안식처를 꿈꾸다

내가 꿈꾸는 안식처는 거창한 별장이 아니었다. 그저 이백 평 남짓한 땅과 바람이 잘 드는 작은 집 하나면 충분했다. 호수가 없어도 괜찮고, 시냇물이 흐르지 않아도 괜찮았다. 봄이면 꽃이 피고, 여름이면 과일이 익고, 새들이 날아와 앉고, 닭들이 마당에서 모이를 쪼는 그런 곳. 도시의 소음 대신 바람과 새소리가 들리는 곳. 그 정도면 내 인생 후반을 보내기에 충분한 안식처라 생각했다.

그래서 나는 어느 날부터 인터넷으로 전국의 땅을 찾아보기 시작했다. 강원도의 산자락도 살펴보고, 동해안 바닷가 근처도 찾아보고, 당진과 온양, 횡성과 원주까지 지도를 들여다보며 한참을 고민했다. 마음에 드는 곳이 나타나면 직접 차를 몰고 가 보기도 했다. 하지만 막상 가 보면 늘 고민이 생겼다. '좋긴 한데… 너무 멀다.'

젊을 때야 산길도 좋고, 외진 곳도 낭만일 수 있다. 하지만 나이가 들면 접근성이 곧 삶의 편안함이 된다. 그래서 나는 스스로에게 말했다.

"나중에 차를 운전하지 못하게 되더라도 올 수 있는 곳이어야 한다."

그렇게 고민 끝에 선택한 곳이 여주였다. 분당에서 전철 한 번이면 닿을 수 있는 거리. 그 정도면 마음이 편했다. 그리고 마침내 여주시 세종대왕면 인근 작은 마을에 150평 남짓한 땅을 마련했다. 그날 나는 땅을 바라보며 혼잣말을 했다.

"이제 시작이구나."

거친 땅을 깨우다

처음 그 땅에 샀을 때의 풍경을 아직도 잊지 못한다. 잡풀과 거친 흙뿐인 조용한 땅이었다. 어디에도 집의 흔적은 없었다. 하지만 내 머릿속에는 이미 다른 풍경이 그려지고 있었다.

먼저, 집터를 만들기 위해 땅을 높여야 했다. 10톤 트럭 33대 분량의 흙이 들어왔다. 흙이 쌓이고 또 쌓이면서 땅의 얼굴이 조금씩 바뀌었다. 포클레인이 땅을 고르고, 중장비가 땅을 다지고, 나는 옆에서 그 모습을 묵묵히 바라보았다. 막막했던 땅이 점점 집이 설자리로 변해 갔다.

울타리도 세워야 했다. 보강토를 쌓고 경계를 만들었다. 그때 여주에서 일하던 우즈베키스탄 근로자 한 사람이 큰 힘이 되어 주었다. 말은 많지 않았지만, 손이 무척 부지런한 사람이었다. 그와 함께 보도블록을 깔고, 잡초가 올라올 틈을 막았다.

울타리 철망, 수도 설치, 주차장 공사, 배수 처리, 정화조 공사…. 정식 설계도는 없었다. 오직 내 머릿속 설계도만 있었다. 필요한 장비를 부르고, 자재를 고르고, 하나씩 하나씩 만들어 갔다. 석 달이 지났을 때, 그 땅은 완전히 다른 모습이 되어 있었다.

그리고 어느 날, 커다란 크레인이 집의 골조를 들어 올렸다. 하얀 집이 파란 하늘 아래 서 있는 모습을 보던 순간, 나는 가슴이 벅차올랐다. 그 집은 단순한 건물이 아니었다. 내가 오랫동안 꿈꾸어 온 삶의 시작이었다.

사계절이 머무는 정원

집이 완성되자, 나는 마당을 가꾸기 시작했다. 봄이 되면 꽃 잔디가 분홍빛 카펫처럼 마당을 덮는다. 튤립과 철쭉, 복숭아나무가 하나 둘 꽃을 피운다. 여름이 되면 장미가 아치형 울타리를 타고 올라가 붉게 피어난다. 이름 모를 초록 식물들도 마치 경쟁하듯 싱그러움을 뽐낸다. 겨울이 오면 모든 것이 하얗게 덮이지만 상록수들은 묵묵히 자리를 지키며 다음 봄을 기다린다.

돌 하나, 나무 한 그루. 내 손길이 닿지 않은 곳이 없다. 흙을 만지며 흘린 땀이 정원의 색깔을 조금씩 깊게 만들었다.

땅이 주는 선물

안식처의 진짜 기쁨은 따로 있었다. 어느 여름날, 포도 넝쿨을 보다가 깜짝 놀랐다. 청포도가 알알이 맺혀 보석처럼 빛나고 있었다. 텃밭에서는 채소들이 자라고 마당 한쪽에서는 닭들이 모이를 쪼고 있었다.

닭이 갓 낳은 따뜻한 달걀을 손에 쥐었을 때의 온기. 나무에서 바로 따 먹는 블루베리의 달콤함. 그것은 시장에서 사는 것과는 전혀 다른 기쁨이었다. 마치 자연이 내게 조용히 말하는 것 같았다.

"수고했어. 이건 네 몫이야."

사람이 모이는 곳

어느 날 친구들이 놀러 왔다. 비가 조금씩 내리던 날이었다. 우리는 우산을 쓰고 정원을 걸으며 웃었다. 누군가는 꽃 사진을 찍고, 누군가는 닭을 보며 어린아이처럼 웃었다. 그 순간 나는 깨달았다. 이곳은 더 이상 나 혼자의 안식처가 아니었다. 지친 사람들이 잠시 쉬어 갈 수 있는 작은 쉼터가 되어 있었다.

은퇴 후 삶의 의미

돌이켜 보면, 이 모든 것은 거창한 계획에서 시작된 일이 아니었다. 그저 조용히 살고 싶다는 마음 하나였다.

거친 흙바닥에서 시작된 150평의 땅은 이제 꽃과 열매, 웃음과 이야기가 있는 공간이 되었다. 나는 가끔 마당에 서서 그 풍경을 바라본다.

그리고 조용히 생각한다. 인생 후반의 삶이란? 무언가를 더 많이 얻는 시간이 아니라 내가 가진 것을 천천히 가꾸는 시간인지도 모른다고.

내 작은 안식처는 지금도 조금씩 자라고 있다. 그리고 아마 앞으로도 내 삶의 이야기와 함께 조용히 깊어져 갈 것이다.

흙이 내게 가르쳐 준 것들

여주에 작은 안식처를 마련하고 나서 가장 먼저 시작한 일은 텃밭을 만드는 일이었다. 처음에는 그저 소소한 생각이었다. '상추나 조금 키워 볼까?'

하지만 텃밭이라는 것이 원래 그런 법이다. 한 번 흙을 만지기 시작하면 점점 욕심이 생긴다. 어느새 텃밭에는 상추와 감자가 심기고, 방울토마토가 자리를 잡았다. 부추가 고개를 내밀더니, 참외와 가지까지 줄지어 들어왔다.

마치 작은 채소 시장이 내 마당으로 이사 온 것 같았다.

계절을 수확하다

첫 수확을 하던 날을 아직도 잊지 못한다. 햇빛을 한껏 머금은 상추를 따고, 흙 속에서 감자를 캐냈다. 방울토마토는 빨간 구슬처럼 줄기에 매달려 있었다.

그 순간 이상한 감정이 올라왔다. '아, 계절이 이렇게 지나가는구나.' 봄에 심었던 작은 씨앗들이 여름을 지나 이렇게 내 손에 들려 있었다.

나는 사실 대단한 일을 한 것도 없었다. 그저 가끔 물을 주고, 잡초를 조금 뽑았을 뿐이다. 그런데 텃밭은 내가 준 것보다 훨씬 많은 것을 돌려주었다.

땅은 참 묘한 존재다. 즈는 법만 알고, 계산은 하지 않는다.

텃밭은 끝이 아니라 시작이었다

채소 수확이 끝나자, 텃밭 한쪽이 비기 시작했다. 처음에는 조금 허전했다. 하지만 곧 새로운 생각이 떠올랐다. '여기에 꽃을 심어 볼까?'

그렇게 텃밭은 다시 변하기 시작했다. 비워진 자리 위에 화초를 심고 작은 정원을 구상했다. 마치 하얀 도화지 위에 연필로 선을 그리듯, 머릿속에서 설계도가 하나씩 만들어졌다. 여기에는 포도를 심고, 저기에는 복숭아나무를 두고, 옆에는 블루베리와 사과대추를 놓으면 어떨까? 그 과정을 생각하는 것만으로도 마음이 설렜다. 마치 아직 태어나지 않은 생명을 조심스럽게 맞이할 준비를 하는 것 같았다.

생각은 흙이 되고, 상상은 길이 되어 텃밭 위에 하나씩 내려앉았다.

8월의 땀

문제는 8월의 더위였다. 햇볕은 가차 없었다. 잠깐만 움직여도 등에 땀이 흘렀다. 하지만 이상하게도 힘들다는 생각은 들지 않았다. 삽을 들고, 흙을 고르고, 잡초를 뽑고, 나무를 심다 보면 어느 순간 텃밭의 모습이 조금씩 달라지고 있었다.

한때는 어수선했던 땅이 차분한 얼굴을 찾아가고 있었다. 자연의 손길과 내 노력이 조용히 겹쳐지고 있었다.

나무들이 전하는 이야기

시간이 지나자 나무에도 변화가 생겼다. 포도나무에는 새순이 올라왔고, 복숭아나무는 잎을 넓게 펼쳤다. 블루베리와 사과대추도 천천히 자라기 시작했다.

어느 날 보니 작은 열매들이 달려 있었다. 아직 작고 여렸지만, 그것만으로도 충분했다. 나는 한참 동안 그 나무들을 바라보고 서 있었다. '아, 이 녀석들도 열심히 살고 있구나.'

식물들이 가르쳐 준 것

꽃은 피었다가 결국 진다. 열매는 익으면 떨어지고 나무는 가을이면 잎을 내려놓는다. 하지만 다음 봄이 되면 그 모든 것이 다시 시작된다.

젊을 때는 이런 자연의 반복이 그저 당연하게 보였다. 하지만 나이가 들수록 그 단순한 순리가 이상하게 마음 깊이 들어왔다. 작은 식물 하나를 바라보는 마음도 달라졌다.

말없이 배우는 삶

텃밭의 식물들은 말을 하지 않는다. 하지만 가만히 보면 서로 경쟁하듯 자란다. 누가 더 빨리 크는지, 누가 더 높이 올라가는지, 아무 말 없이 자기 자리에서 힘껏 자란다.

그 모습을 보며 나는 문득 깨달았다. '삶도 어쩌면 이와 비슷하지 않을까?' 누군가보다 앞서지 않아도 된다. 크게 드러나지 않아도 괜찮다. 각자의 자리에서 묵묵히 최선을 다해 자라는 것. 그것이면 충분하다는 것을 이 작은 텃밭이 내게 조용히 가르쳐 주고 있었다.

요즘도 나는 며칠에 한 번쯤은 텃밭을 한 바퀴 돈다. 포도 넝쿨을 한번 보고, 블루베리 잎을 만져 보고, 상추가 잘 자라고 있는지도 살핀다.

그리고 문득 이런 생각을 한다.

내가 텃밭을 가꾼 것이 아니라 어쩌면 텃밭이 나를 조금씩 가꾸고 있는지도 모른다.

블루베리 한 알의 마음

월요일 오후였다. 하던 일을 잠시 멈추고 나는 여주로 내려갔다.

도시에 오래 머물다 보면 마음이 조금씩 건조해진다. 그럴 때면 나는 별다른 이유 없이 여주로 향한다. 그곳에는 내가 심어 놓은 나무들이 있고, 내가 가꾼 작은 정원이 있고, 무엇보다도 잠시 멈춰 설 수 있는 시간이 있기 때문이다.

그날도 마찬가지였다. 방갈로 앞에 도착해 블루베리 나무 쪽으로 걸어갔다. 그런데 그 순간 나도 모르게 발걸음이 멈췄다. 나무마다 까맣게 익은 블루베리 열매들이 주렁주렁 매달려 있었다. 여름 햇살을 듬뿍 머금은 열매들이 작은 보석처럼 반짝이고 있었다. 나는 한참 동안 그 모습을 바라보다가 천천히 바구니를 가져왔다. 그리고 하나씩 따기 시작했다.

블루베리는 생각보다 섬세한 열매다. 힘을 조금만 세게 줘도 터지기 때문에 손끝에 조심스러운 힘을 담아야 한다. 나는 조용히 열매를 따서 바구니에 담았다. 하나, 둘, 셋. 바구니는 금세 보랏빛 열매로 채워졌다.

그날 나는 그 블루베리를 이웃들과 나누어 먹었다. 특별한 일은 아니었다. 그냥 수확한 기쁨을 나누고 싶었을 뿐이었다. 그런데 다음 날 아침, 휴대폰에 카카오톡 메시지 한 통이 도착했다.

"블루베리 정말 맛있게 잘 먹었습니다. 감사합니다."

짧은 문장이었지만 이상하게 마음이 따뜻해졌다. 그 문장 속에 담긴 사람의 온기가 느껴졌기 때문이다.

연둣빛에서 시작된 이야기

그 블루베리 나무를 처음 바라보던 봄날이 떠올랐다. 이른 봄, 나무는 앙상했다. 가지 끝에는 겨우 연둣빛 새순이 몇 개 올라와 있었다. 솔직히 말하면 반신반의했다. '이 녀석들이 정말 열매를 맺을까?'

하지만 자연은 늘 그렇듯 내 예상을 가볍게 넘어섰다. 연둣빛 새순은 어느새 작은 흰 꽃을 피웠고, 꽃이 진 자리에는 조그만 열매가 맺혔다. 그리고 시간이 조금 더 흐르자 열매는 보랏빛으로, 다시 깊은 검은색으로 익어 갔다.

나는 그 변화를 거의 매주 바라보았다. 어느 날은 꽃을 보고, 어느 날은 열매를 보고, 어느 날은 익어 가는 색을 바라보았다. 생각해 보니 수확의 기쁨보다 더 큰 보람은 그 과정을 지켜보는 시간에 있었다.

내가 빠진 '식멍'

요즘 사람들은 '불멍'이라는 말을 많이 쓴다. 타오르는 불꽃을 멍하니 바라보며 시간을 보내는 일이라고 한다. 그런데 나는 요즘 다른 멍에 빠져 있다. '식멍'이다.

여주에 내려가면 방갈로 앞에 서서 한참 동안 식물들을 바라본다. 잎사귀가 조금씩 짙어지는 모습, 열매가 서서히 무거워지는 모습, 바람에 흔들리는 나뭇가지. 그것을 바라보고 있으면 신기하게도 마음이 차분해진다. 머릿속에 있던 걱정들이 하나씩 멀어지고, 오직 지금 이 순간만 남는다.

식물들은 아무 말도 하지 않는다. 하지만 그 조용함 속에서 나는 위안을 얻는다. 어느 순간부터 식물들은 단순한 자연이 아니라 내 곁에서 함께 살아가는 존재처럼 느껴지기 시작했다.

블루베리가 만든 시 한 편

며칠 전, 나는 첫 수확 한 블루베리를 사돈댁에도 보냈다. 그런데 오늘 아침 뜻밖의 선물이 도착했다. 사돈이 보낸 시 한 편이었다.

블루베리 정성베리

이승영

이른 아침
까치처럼 날아온 선물

받는 것보다
주는 게 복이라지만
받을 때 입가의 웃음
숨길 수 없다

보낸 이 이름보다
내용물이 궁금해
서둘러 포장을 뜯는다

눈을 맑게 하는
일품 블루베리 가득

사돈댁 땀방울이
알알이 반짝인다

첫 수확을 나누는 정
고마운 마음 간직하고

어두운 세상도
밝은 눈으로 보리라

시를 읽는 동안 나는 잠시 말을 잃었다.

블루베리를 따던 그날 오후가 눈앞에 떠올랐다. 이마에 맺히던 땀방울, 바구니에 하나 둘 쌓여 가던 검은 열매들. 그리고 그중 한 구절에서 나는 잠시 멈췄다. '사돈댁 땀방울이 알알이 반짝인다.' 내가 흘린 땀을 이렇게 아름다운 말로 표현해 주다니. 그 순간 이상하게 가슴이 뭉클해졌다.

블루베리 한 알의 순리

블루베리 한 알을 따기까지는 생각보다 많은 시간이 필요하다. 봄의 새순, 초여름의 꽃, 여름 햇살 그리고 기다림. 그 모든 시간이 모여 하나의 열매가 된다. 그리고 그 열매는 또 누군가에게 건네지고, 그 마음은 시가 되어 다시 돌아온다.

나는 그날 문득 깨달았다. 여주에서 배우는 것은 농사가 아니라 사람의 마음이 돌고 도는 순리라는 것을. 작은 열매 하나에도 정성이 담기고, 그 정성이 누군가의 하루를 밝히고, 그 마음이 다시 내게 위안이 되어 돌아온다.

그래서 나는 오늘도 여주로 내려간다. 블루베리를 따기 위해서만이 아니라, 그곳에서 조용히 식멍을 하며 삶의 순리를 배우기 위해서.

블루베리 꽃과 열매

가을이 오는 길목에서

어느새 가을이 오고 있다. 창밖의 나무들은 서서히 색을 바꾸고 있고, 아침 공기에는 여름과는 다른 차분한 냄새가 묻어 있다.

나는 가끔 마당에 앉아 지나온 시간을 천천히 떠올려 보곤 한다. 카라치의 밤, 라고스의 총성, 디트로이트의 긴 협상 테이블, 블라디보스토크의 차가운 바람. 그리고 바라나시의 갠지스 강가에서 보았던 타오르는 화장의 불꽃. 그 모든 장면들이 지금은 하나의 긴 이야기처럼 마음속에 남아 있다.

돌이켜 보면, 나는 특별한 사람이 아니었다. 그저 주어진 일을 하며 세상이 보여 주는 길을 따라 걸어왔을 뿐이다. 그러나 그 길은 생각보다 멀리 이어져 있었다.

나는 세계 여러 나라를 지나며 수많은 사람들을 만났다. 언어도 다르고, 문화도 다르고, 생각도 달랐다. 하지만 시간이 지나면서 나는 한 가지 사실을 깨닫게 되었다. 세상은 생각보다 넓지만, 사람의 마음은 놀라울 만큼 비슷하다는 것이다.

누구나 가족을 사랑하고, 누구나 더 나은 삶을 꿈꾸며, 누구나 자신의 자리에서 최선을 다해 살아간다. 그 사실을 알게 된 순간 세계는 더 이상 낯선 곳이 아니었다.

지금 나는 인생의 가을 길목에 서 있다. 젊은 날처럼 멀리 떠날 일은 아마 많지 않을 것이다. 하지만 그것이 아쉬움으로 남지는 않는다. 이미 충분히 많은 길을 걸어왔기 때문이다.

세계를 돌아다니며 살아온 시간은 결국 나에게 한 가지를 가르쳐 주었다. 인생에서 중요한 것은 얼마나 멀리 갔느냐가 아니라 어떤 마음으로 걸어왔느냐는 것이다.

나는 지금도 가끔 하늘을 바라본다. 그리고 조용히 생각한다. '참 멀리도 왔구나.' 그러나 아직 이야기는 끝나지 않았다. 가을이 오고 있지만, 삶은 여전히 천천히 흐르고 있다. 그리고 그 흐름 속에서 나는 오늘도 또 하나의 조용한 하루를 살아간다.

마치 긴 여행을 마친 사람이 집 앞 마당에 앉아 석양을 바라보듯이.